香港粵語吟誦手冊

蕭振豪　著

商務印書館

責任編輯　余錦瀅　李蔚楠
裝幀設計　張玉婷　麥梓淇
排　　版　周　榮
印　　務　龍寶祺

本書出版承蒙衞奕信勳爵文物信託資助，謹此致謝。

香港粵語吟誦手冊

作　　者　蕭振豪
出　　版　商務印書館（香港）有限公司
香港筲箕灣耀興道 3 號東滙廣場 8 樓
http://www.commercialpress.com.hk
發　　行　香港聯合書刊物流有限公司
香港新界荃灣德士古道 220−248 號荃灣工業中心 16 樓
印　　刷　美雅印刷製本有限公司
九龍觀塘榮業街 6 號海濱工業大廈 4 樓 A 室
版　　次　2022 年 7 月第 1 版第 1 次印刷

ISBN 978 962 07 0609 7
Printed in Hong Kong

目　錄

《香港粵語吟誦手冊》小序

嚴志雄

香港中文大學中國語言及文學系教授、中國古典詩學研究中心主任

長時期離開香港以後，我於 2015 年回到母校中文大學任教。不久，我倡議成立「中國古典詩學研究中心」。中國古典詩歌的研究以及創作，其實是香港各大專院校一個歷史悠久而極其優良的教研傳統。因為政治動蕩和生命理念，由清末民初而至 1940 、 50 年代，不少文人學者移居香港，這些「南來文人」在香港延續了詩書畫創作的風雅傳統，亦繁榮了香港的文教體系與景觀。中大的詩學研究中心在某一意義上就是要繼承、發揚先賢們、師長們的志業，使薪火得以相傳。

在我的構思中，詩學中心有兩個重要的發展方向。一是促進立足於南中國而面向世界的學術研究。二是發揚嶺南文學以及香港「南來文人」的研究，而在這一方面，我不希望它僅是一個學術機制或場合，我更希望香港的舊體詩文創作以及粵語詩詞吟誦傳統可以與詩學中心共同發展，保持其生命力。在這個理念下，我和中心成員程中山老師、蕭振豪老師等籌辦「露港秋唱：古典詩詞吟誦雅會」，自 2018 年以來，已舉辦了三屆（2020 年因為疫情停辦一屆）。

所謂「露港」，就是在中文大學山上可以俯瞰的、美麗的吐露港，而「露港秋唱」則借用了「宋臺秋唱」的意思。清社既屋，滿清遺老紛紛南來，寄居於香港。他們對家國、民族、文化、語言有諸多感慨、思考，時發之於詩文。南來文人不時雅集，在詩文活動中產生了一部命名為《宋臺秋唱》的詩集（他們在九龍宋皇臺結社吟詩，後都為一集，故名）。《宋臺秋唱》可說是百年以來「香港文學」的一個重要源頭。在這之後，吟詩作對不一定要親臨宋皇臺，而流風所及，「宋臺」、「秋唱」等意象頻繁見於後來文人的詩詞作品，於今不輟。「宋臺秋唱」已成為香港一個意味深長的文學、文化、歷史記憶與象徵。

每一屆「露港秋唱」，我們都邀請香港擅於吟誦的師友參加，出席者老中青三輩都有。活動成功美滿，見證了嶺南、香港詩詞吟誦、創作仍然是一個「活的傳統」(a living tradition)，且在與會的同學中引起莫大的回響。雖然如此，現在距離遺老們在宋臺秋唱的歲月又倏忽百年，百年間香港社會、文化、教育經歷了巨大的變化，於今尤烈，而港間耆老詩人多已謝世或步入晚年，實在有必要趕快為香港的吟誦傳統展開整理和保存的工作了。蕭振豪教授年富力強，在吟誦藝術上師承有自，也發願為香港的吟誦傳統、流派從事研究。數年來振豪教授孳孳矻矻從事於茲，今撰成《香港粵語吟誦手冊》一書，功不唐捐矣！《香港粵語吟誦手冊》行將付梓，口拈一絕，以表賀忱，並與振豪教授共勉之。

朔風颯颯又秋深，耆舊宋臺何處尋？

欲續天南騷雅命，會須研味到清吟。

凡例

1. 敬稱從略，以適學術體制，非欲唐突前賢，讀者鑑諸。
2. 吟誦譜均附五線譜、簡譜、國際音標及 QR 碼，讀者可同時參考吟誦錄音及譯譜。凡提及本書譯譜以外的吟誦錄音，首次出現時均加 * 號。
3. 五線譜除陳潔淮吟誦譜外，其餘男聲均按排版需要移高一個或兩個八度記譜。本書雖力求統一譯譜體例，但記譜成於數人之手，若干細節容有未盡統一之處。
4. 基於音樂及語言學科之不同理解及需要，譯譜中句末停頓或延長，均按照節奏強弱，置於該小節末或下一小節之首；提要之吟誦調節奏分析，則全部視為句末節奏的一部分，且不考慮下一句句首之強弱拍問題。
5. 部分錄音從上課錄音中抽出，夾吟夾講，剪輯後各段吟誦音高未必一致，譯譜對此已作適當調整。另譜中所記句或段間之停頓時值，僅反映錄音經剪輯後之大概停頓時間，未必符合原錄音之情況。
6. 吟誦篇章之異文、吟誦者之口誤及特殊讀音，均依照原錄音記錄，未作修改。
7. 為方便比對詞樂關係及利於排版，提要引例僅附簡譜。提要中簡譜樂音以粗體數字 (**1**) 表示，調值或小節數以普通數字 (1) 表示。

8. 提要引例下附吟誦篇章名及小節數，遇有不必指出篇章名之情況，則於引例左上側標示小節數。

9. 本書所附 QR 碼，包括吟誦音檔及影片。唯受限於所在地法例，部分影音資料或未能播放。

10. 本書無固定閱讀次序。何叔惠吟誦調頗為複雜，對初學者而言或較困難，讀者如無特定學習對象，可先參考較後章節之吟誦調說明。

11. 吟誦並無固定樂譜，即使同一吟誦者多次吟誦同一作品，每次均有若干差異。故使用譯譜學習，對旋律及節奏不必過於拘泥。

總論：香港粵語吟誦入門

一、吟誦釋義

香港非物質文化遺產資料庫對廣東吟誦的說明如下：

> 吟誦是中國傳統的教學方法，吟誦者以廣東方言唱誦古典詩詞文章，以引起學生學習課文內容的興趣。[1]

這則說明很難讓人滿意。先不論吟誦的主要目的是否教學，以及吟誦能否引起學生的學習興趣，這裏以「唱誦」解釋「吟誦」，似乎認為吟、唱和誦的意思相當。在現代漢語中，「吟」字往往與「誦」、「唱」相連，並稱「吟誦」或「吟唱」，由於現代生活中能接觸到吟誦的機會較少，自然也沒有細究吟誦或吟唱區別的必要。

吟、誦、歌以至讀在古代漢語中本義並不相同，然而古代沒有錄音設備，不但難以用文字清楚解說，在不同的語境下，這幾個概念有時可籠統地視為

1 香港非物質文化遺產資料庫，https://www.hkichdb.gov.hk/zht/item.html?43af13c9-f23a-4b67-8525-3874d0b5c221，登錄於 2022 年 4 月 24 日。

一物（訓詁學稱為渾言），有時則必須仔細區分（析言）。明白了渾言和析言之別，才能披沙揀金，從大量的古代文獻中勾勒出吟、誦、歌和讀的特徵。

首先分析歌，《說文》：「歌，詠也」、「詠，歌也」，[2] 似乎以歌和詠為同義詞。不過這只是渾言之說，如《玉篇》謂「詠，長言也」，[3] 即認為詠是把「言」拖長，所謂「言」即說話之意，[4] 因此長言並不一定和歌唱有關。《尚書·舜典》提到「詩言志，歌永言」，正義的解釋正好說明甚麼是長言：

> 作詩者直言不足以申意，故長歌之，教令歌詠其詩之義，以長其言，謂聲長續之。[5]

「永」與「詠」相通。詩人直接把自己的話說出，卻覺得意猶未盡，因此必須把這些句子拖長以成歌。這裏以「歌詠其詩之義」來解釋「歌永言」，是因為延長聲線可成歌調，即渾言之歌和詠都牽涉拉長聲線；但析言之詠所延長的不一定要是歌聲，也可以是一般的說話聲線。此外歌又可細分為歌和謠，《詩經·魏風·園有桃》：「心之憂矣，我歌且謠。」毛傳：「曲合樂曰歌，徒歌曰謠。」[6] 即有伴奏的屬歌，清唱則屬謠。當然歌作為歌唱類的總名，可泛指一切歌唱的類型，有時不一定專指合樂歌唱。[7]

至於讀一般可理解為朗讀。《說文》渾言為「讀，誦書也」，[8] 看不出讀和

---

2 許慎撰，徐鉉校定：《說文解字》，影印陳昌治一篆一行本（北京：中華書局，1963 年），頁 53b，179b。

3 顧野王：《[宋本] 玉篇》，影印張氏澤存堂本（北京：中國書店，1983 年），頁 166。

4 《說文》：「直言曰言，論難曰語。」《說文解字》，頁 51a。

5 阮元校刻：《十三經注疏》，影印阮元校刻本（北京：中華書局，1980 年），頁 131c。

6 《十三經注疏》，頁 357c。

7 孔穎達正義：「歌、謠對文如此，散則歌為揔名。《論語》云子與人歌，〈檀弓〉稱孔子歌曰『泰山其頹乎』之類，未必合樂也。」《十三經注疏》，頁 358a。

8 《說文解字》，頁 51b。

誦的分別。然而段玉裁注認為「誦書」為「淺人改也」，當作「籀書」，「籀」、「抽」通用，因此「抽繹其義蘊至於無窮，是之謂讀」。根據段玉裁的說法，「讀」起碼包含以下各義：

1. 「漢儒注經，斷其章句為讀」，即「句讀」；
2. 「擬其音曰讀，[……] 易其字以釋其義曰讀」，即注疏中「讀如」、「讀為」之類；
3. 「人所誦習曰讀」，即某一注家所理解並傳習的經文讀法；
4. 「諷誦亦為讀」。[9]

以上各義除朗「讀」外，還包含了閱「讀」和訓「讀」，都是在理解文句意思的基礎上而作出的行為，也就是所謂「抽繹其義蘊至於無窮」。因此讀的範圍比誦更廣，段玉裁精闢地總結如下：「諷誦亦可云讀，而讀之義不止於諷誦。諷誦止得其文辭，讀乃得其義蘊。」

如果只限於朗讀的層次，是否可據「諷誦亦為讀」完全把諷、誦和讀等同起來？《說文》「誦，諷也」、「諷，誦也」也看似支持這樣的說法，[10] 不過這仍然屬於渾言。諷和誦均牽涉背記原文，《周禮 · 春官 · 大司樂》：「以樂語教國子，興道、諷誦、言語。」注：「倍 [背] 文曰諷，以聲節之曰誦。」疏：「云倍文曰諷者，謂不開讀之。云以聲節之曰誦者，此亦皆背文，但諷是直言之，無吟詠；誦則非直背文，又為吟詠以聲節之為異。」[11] 由此可知諷是只有「直言」的背讀，沒有音調的變化；誦則在背讀之上「吟詠以聲節之」，相當於朗誦。值得注意的是，誦雖然也牽涉「吟詠以聲節之」，但和歌有本質上的差異。

---

9 段玉裁注：《說文解字注》，影印經韻樓原刻本（上海：上海古籍出版社，1981 年）頁 90b-91a。

10 《說文解字》，頁 51b。

11 《十三經注疏》，頁 787c。

如《漢書·藝文志》引「傳曰」云「不歌而誦謂之賦」，[12]《墨子·公孟》則云「誦詩三百，弦詩三百，歌詩三百，舞詩三百」，[13] 說明誦和歌並非一事。《毛詩正義》述及此一概念時，即明言「誦之，謂背文闇誦之；歌之，謂引聲長詠之」；[14]《禮記·文王世子》:「春誦夏弦」，正義曰:「謂口誦歌樂之篇章，不以琴瑟歌也。」[15] 有琴瑟伴奏才能算歌，誦則既沒有伴奏，也不歌唱，只是「引聲長詠」罷了。[16]

了解歌和誦的區別後，便不難理解介於兩者之間的吟。《說文》「吟，呻也」、「呻，吟也」，段注:「呻者吟之舒，吟者呻之急，渾言則不別也」，[17] 可知吟即較為短促的一種呻吟。〈毛詩大序〉「吟詠情性」，正義曰:「動聲曰吟。」[18]《爾雅·釋訓》:「殿屎，呻也。」邢昺疏引孫炎云:「人愁苦呻吟之聲也。」[19] 從「動聲曰吟」、「人愁苦呻吟之聲」來看，吟原當指類似痛苦呻吟的歎聲，因此《釋名》說「其聲本出於憂愁，故其聲嚴肅，使人聽之悽歎也」，[20] 到了宋代姜夔《白石道人詩說》，仍以「悲如蛩螿曰吟」來說明吟這種詩歌體裁的特質。[21]

---

12 班固撰:《漢書》(北京:中華書局，1962 年)，冊六，頁 1755。

13 孫詒讓撰，孫啟治點校:《墨子閒詁》(北京:中華書局，2001 年)，頁 456。

14《十三經注疏》，頁 345b。

15《十三經注疏》，頁 1405a-b。

16《周禮·春官·瞽矇》:「諷誦詩，世奠繫，鼓琴瑟。」注:「諷誦詩，謂闇讀之，不依詠也。」這裏認為諷誦「不依詠」，似乎違反了誦「吟詠以聲節之」的定義。賈公彥疏已看到這個問題，因此特別說明「此止有諷；而言誦者，諷誦相將，連言誦耳」，即原文的「諷誦」其實專指諷，因此釋為「不依詠」。因此段玉裁提出「《周禮》經注析言之，諷誦是二；許[即《說文》]統言之，諷誦是一也。」《十三經注疏》，頁 797b。《說文解字注》，頁 90b。

17《說文解字注》，頁 60b。

18《十三經注疏》，頁 271c。

19《十三經注疏》，頁 2592b。

20 畢沅撰:《釋名疏證》，《續修四庫全書》影印畢氏靈巖山館經訓堂叢書本(上海:上海古籍出版社，1995 年)，冊 189，頁 634b。

21 何文煥輯:《歷代詩話》(北京:中華書局，1981 年)，下冊，頁 681。

使用這種聲音吟詩文，借用趙元任「就是俗話所謂『嘆詩』、『嘆文章』」的說法，[22] 可謂十分傳神。吟接近於現代漢語的「吟哦」，即在道出字句時加上若干裝飾性的音高變化（「動聲」）以表達情感。故此吟既不同於有固定旋律或合奏的歌，也不同於「以聲節之」的誦。

然而先秦文獻中提及吟的材料遠少於歌和誦，不同於注家說明歌、讀、誦、諷等的差異，古代文獻中幾乎看不到有關區別吟與其他概念的注文。從另一個角度而言，吟的屬性較為曖昧，古代注家難以清晰描述，只好將吟與歌、誦概念渾言互釋，如上文引到《周禮》說誦為「吟詠以聲節之」，《釋名》說歌是「以聲吟詠有上下」，[23] 高誘注《戰國策・秦策》謂「吟，歌吟也」，[24] 顏師古注《漢書》也說「吟謂歌誦也」，[25] 均說明了吟的性質與歌、誦難以涇渭分明。《禮記・學記》：「今之教者，呻其佔畢，多其訊。」鄭玄注：

> 呻，吟也。佔，視也。簡謂之畢。訊，猶問也。言今之師自不曉經之義，但吟誦其所視簡之文，多其難問也。[26]

這裏「吟誦」連文，而孔穎達正義解釋這一句時，卻說「今之師不曉經義，但詐吟長詠，以視篇簡而已」，把詠的概念也帶了進來，足見吟的含混性質。因此如朱立俠即把吟定義為「介於念與唱之間的一種拉長聲音的讀書方法」，[27] 這種說法有其正確之處。

鄭玄注是存世文獻中最早提及「吟誦」一詞的材料，此後「吟誦」、「吟

---

22 趙元任：《新詩歌集》（上海：商務印書館，1928 年），頁 1。

23 《釋名疏證》，《續修四庫全書》，冊 189，頁 634b。《釋名》的解釋雖有含糊之處，但在〈釋樂器〉中分列歌和吟，可見劉熙已將兩者視為不同的聲樂類型。

24 范祥雍：《戰國策箋證》（上海：上海古籍出版社，2006 年），頁 241。

25 《漢書》，冊四，頁 1052。

26 《十三經注疏》，頁 1522c。

27 朱立俠：《唐調吟誦研究》（北京：中國社會科學出版社 ，2015 年），頁 18。

詠」、「吟諷」等詞的用例雖屢見不鮮，但卻未見文獻清楚說明吟的義界。進而言之，吟作為一種獨立的表達方式雖然存在，但在歷史上如何發展，似乎至今仍未有完備的答案。從學理上說明吟、誦之別，使吟成為獨立的概念，恐怕要到二十世紀趙元任、黃仲蘇、任中敏、朱自清、楊蔭瀏等人，以及朗誦成為專門之學方告完成。[28] 或許因為吟在歷史上的模糊地位，學者在討論「吟誦史」時，往往把諷誦、吟詠一類也全部算作吟誦，並得出漢魏六朝是吟誦之學重要發展的時期，此時出現學習、欣賞、研究吟誦的自覺等結論；[29] 而因為將吟和誦的歷史綑綁論述，因而在定義吟誦時，不得不將誦視為吟誦的一部分，乃至將誦讀、讀誦、吟讀等概念也視為廣義的吟誦，[30] 不但實際上難以區分，而且治絲益棼。其實古代漢語中的吟誦和現代漢語中的吟誦，並不一定要對等起來：[31] 現代既已有明確的分工，另有朗讀、朗誦等義界清晰的名詞與

28 參趙敏俐：《吟誦研究資料彙編》（北京：中華書局，2018 年），頁 67–222。

29 陳少松：《古詩詞文吟誦導論》（北京：中華書局，2017 年），頁 19–28。陳向春：《吟誦與詩教》（長春：東北師範大學出版社，2015 年），頁 75–100。

30 秦德祥、朱少俠、陳少松三家的定義如下：

	狹義	廣義
秦德祥	吟誦	吟誦、讀誦、唱誦
朱少俠	吟誦	吟誦、吟詠、吟諷
陳少松	吟（吟詠）、誦（誦讀）	吟讀、吟詠、吟唱

秦德祥：〈釋「吟誦」〉，《「絕學」探微 —— 吟誦文集》（上海：上海三聯書店，2010 年），頁 54。《唐調吟誦研究》，頁 22。《古詩詞文吟誦導論》，頁 17–18。

31 對吟誦一詞的理解，主要可分為兩種主流觀點：一種視為偏正結構，即吟為主誦為副，或誦為主吟為副；另一種視為並列聯結構，即吟誦合稱。然而這些分析往往將古代漢語與現代漢語混為一談。秦德祥甚至認為吟誦調是既吟且誦，即只有拖腔處才算是吟，其餘只能算是誦，本文並不認同此種觀點。《古詩詞文吟誦導論》，頁 15–17。秦德祥：〈吟誦音樂的節奏型態及其特徵 —— 以六首《楓橋夜泊》的吟誦譜為例〉，《吟誦音樂》（北京：中國文聯出版社，2002 年），頁 30–37。

讀和誦對應，則吟誦應理解為專指吟的偏正結構術語。當然將吟稱為吟誦容易產生誤會，但既然吟誦已為固定的成詞，沒有必要標新立異，另立名目，因此不妨在明確指出「吟誦＝吟」的前提下，沿用吟誦一詞，專指吟而不包括誦。

從音樂的角度分析吟和唱的具體差異，趙元任有十分清晰扼要的界定：

> 無論是「滿插瓶花」，或是「折戟沉沙」，或是「少小離家」，或是「月落烏啼」，只要是「仄仄平平仄仄平」，就總是那末吟法；就是音高略有上下，總是大同小異，在音樂上看起來可以算是同一個調兒的各種花樣 (variations)。所以吟和唱的不同，不是本身上的不同，是用法的不同。[……] 從一段詩文上看起來，吟詩沒有唱歌那末固定；同是一句「滿插瓶花罷出遊」，不用說因地方不同而調兒略有不同，就是同一個人念兩次也不能工尺全同，不過大致是同一個調兒 (tune) 就是了。要是跟着笛子唱〈九連環〉，那就差不多一定是照那個工尺唱。[32]

因此唱有固定的旋律，專屬某一首歌；吟則是通用的曲調形式，相同體裁及格律的作品可用相同的曲調吟出，而且吟帶即興發揮的性質，每次吟的旋律均略有差異。

趙元任曾撰文分析聲調與旋律在不同類型樂曲中的關係，卞趙如蘭又補充了若干實例。這些分類原為英文，其中譯勢必牽涉吟、誦、唱等詞的種種歧異，因此這裏直接使用原文：

1. Singsong：介於一般說話與音樂旋律之間，因缺乏語調的變化，每個聲調只能對應特定的樂音，不容許自由發揮。北平學童制式化的朗讀和小販叫賣調均屬於 singsong 。

32《新詩歌集》，頁 1–2。

2. Chanting：即一般所說的吟誦調，容許吟誦者根據字調，對樂音作一定程度的變化。說唱文學的說唱調也屬於此類，如彈詞；卞趙如蘭補入京劇原板、慢板和流水板等例。
3. Recitative：指傳統戲劇中的念白部分，多使用中州音等人工音系。與 singsong 相比，recitative 容許多於一種的詞樂對應關係；與 chanting 相比，則 recitative 多用滑音，有時難以與樂音簡單對應。卞趙如蘭認為京劇韻白與之對應。
4. Tonal composition：依照特定方言的詞樂關係譜曲填詞，有固定旋律，唱者每次演唱時旋律必須完全相同，最多只能接受若干裝飾音。
5. Atonal composition：創作時不考慮詞樂關係的樂曲。[33]

值得注意的是，singsong 雖欠缺變化，但既不屬誦，亦不屬於歌，其性質較接近吟；而卞趙如蘭將原板等視為 chanting，也說明了旋律較接近戲劇樂曲，但容許一定變化的形式也應視為吟，這和部分粵語吟誦與粵劇旋律相近的情形不謀而合。因此誦、吟、唱並不是截然三分的概念，而是共同構成連續體 (continuum)：

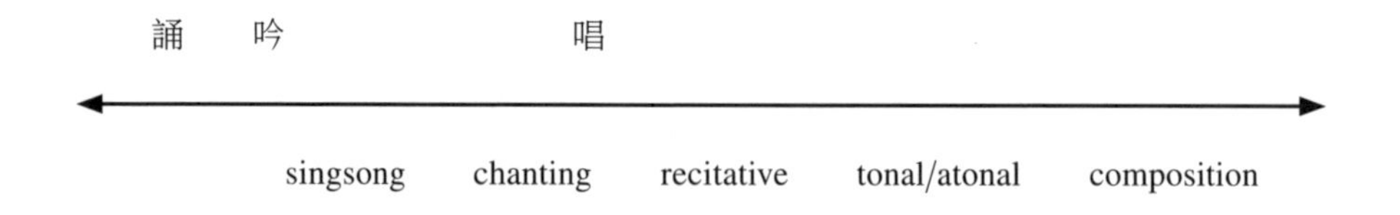

---

33 Chao Yuen-ren, "Tone, Intonation, Singsong, Chanting, Recitative, Tonal Composition, and Atonal Composition in Chinese," in Morris Halle, ed., *For Roman Jakobson, essays on the occasion of his sixtieth birthday, 11 October 1956* (The Hague: Mouton, 1956), pp. 52–59; 收入《趙元任全集》(北京：商務印書館 ，2005 年)，第 11 卷，頁 553–562。Rulan Chao Pian, "Tone and Tone: Applying Musical Elements to Chinese Words," *Journal of Chinese Linguistics*, Vol. 28, No. 2 (June 2000), pp. 181–200.

各種吟誦調在不同程度上或近於唱，或近於誦。有學者主張進一步分吟誦、吟唱乃至吟諷，[34] 似乎過分求之苛細，有些吟誦調更是難以清楚定類。綜合以上所論，本書嘗試從實用的角度，嘗試為吟誦提供另一種定義：

> 吟誦是利用通用的曲調形式 (tune type)，帶有音樂性地即興演繹（古典）文學作品的手法。吟誦調的音高、腔型及節奏可以樂譜形式記錄，文學作品的字調與吟誦調旋律大致存在對應關係。

在這個定義之下，朗誦無法以樂譜的形式記錄，唱歌則有特定的樂譜，均與吟誦不同。必須再三強調的是，「可以樂譜形式記錄」並不代表樂譜是吟誦得以成立的先決條件。誠如呂君愾所說，「吟誦本來就沒有樂譜也不需要配譜，它只是師徒授受的過程中的一種口耳相傳的教學方法」，[35] 在沒有樂譜的情況下，吟誦也能代代流傳。本書譯譜的目的，一方面是以能否記譜客觀衡量吟誦的音樂性，另一方面則是借用樂譜的形式，為無緣於正規教育中接觸吟誦的現代人提供方便法門，僅此而已。

二、香港粵語吟誦調的整理

各地吟誦調因方言、師承及個人喜好等因素而產生差異，因此以特定地域為中心考察吟誦調的傳承，較易觀察其歷史發展及旋律特色。諸如常州方言吟誦調已於 2008 年列入第二批國家級非物質文化遺產名錄，廣東吟誦亦於

34 《唐調吟誦研究》，頁 21。黃仲蘇更主張進一步分誦讀、吟讀、詠讀和講讀。黃仲蘇：《朗誦法》（上海：開明書店，1936 年），頁 126–128。

35 呂君愾：《格律詩詞常識、欣賞和吟誦》（北京：中國人民大學出版社，2015 年），頁 146。

2014 年 6 月名列香港首份非物質遺產清單。一說廣東粵語吟誦最早可追溯至朱次琦 (1807–1882)、陳澧 (1810–1882)、康有為 (1858–1927) 及陳洵 (1870–1942) 等人，由朱庸齋 (1920–1983) 集其大成，[36] 即所謂分春館吟誦調。由於缺乏錄音文獻，陳澧、陳洵等人吟誦的具體特色已無法考知。陳洵於中山大學任教時，於課上「時復朗吟」，龍榆生 (1902–1966)「往往於窗外竊聽之」，[37] 其吟誦之動人可以想見。然而以上所述諸家只限於分春館吟誦調的傳承，是次調查中並未考得分春館吟誦調在香港的再傳弟子，因此香港粵語吟誦能否上溯至十九世紀，仍有待進一步考察。

二十世紀以降，香港粵語吟誦調的主要流通場域已從傳統私塾轉至書院、大學、公開講座及香港學校朗誦節。進入二十一世紀，懂得吟誦的老人逐漸故去，昔日上課錄音亦多散佚，香港粵語吟誦調的搶救工作刻不容緩。自黃修忻於 2011 年起製作「粵講越有趣」網頁及 YouTube 頻道，招祥麒於 2018 年出版《粵語吟誦的理論與實踐》，香港粵語吟誦欣賞不再局限於少數學院門下，逐漸普及至一般讀者。然而參考常州吟誦調保育的經驗，香港粵語吟誦的保育仍有不少問題尚待解答：

1. 各派吟誦調的特色與傳承；
2. 同一吟誦者在不同文體中的吟誦差異；
3. 粵語吟誦調在詞樂關係 (tone-melody relationship，即字調與旋律的對應關係) 在中國各地吟誦調中的獨特地位。

職是之故，香港中文大學中國古典詩學研究中心於 2020 年獲衞奕信勳爵文物

36《格律詩詞常識、欣賞和吟誦》，頁 145。

37 龍榆生：〈陳海綃先生之詞學〉，《龍榆生詞學論文集》(上海：上海古籍出版社，1997 年)，頁 481。

信託資助，開展「二十世紀香港粵語吟誦調流派及詞樂特徵」研究計劃。本計劃旨在收集二十世紀的香港粵語吟誦調，整理其流派及詞樂特徵，並向學界及社會大眾提供學習粵語的各種資源。

本書所述「香港粵語吟誦」，指二十世紀曾於香港居住的學人的粵語吟誦調，且錄音為2000年以後所灌錄，但其吟誦調為二十世紀所習得或流傳者，均在採集之列。因人力及時間所限，是次採集優先考慮五十歲以上的吟誦者，及香港中文大學圖書館的館藏。初步調查後，發現館藏中以下數批均包含粵語吟誦：

1. 「何叔惠先生講學錄音帶」：兩批共267盒錄音帶，由何叔惠後人於2008年捐贈，內容為1997–2005年間之講課錄音。
2. 「陳湛銓錄音帶及數碼光碟」：共135盒錄音帶，由陳湛銓後人捐贈，內容為1979–1984年之講課錄音，部分已製作為數碼光碟。
3. 「莫羅妙馨女士惠贈學海書樓錄音帶」：共1034盒錄音帶，為1972–2002年期間陳湛銓、溫中行、蘇文擢、陳潔淮、潘小磐、李棪、黃維琩、何乃文、黃兆顯、常宗豪等學者於學海書樓講座之講學錄音。
4. 「學海書樓講學錄音帶」：由鄧巧兒惠贈，共1714盒錄音帶，為學海書樓1978–2000年期間之講學錄音。
5. 「卞趙如蘭特藏」：由卞趙如蘭及其女兒卞昭波分批於2006及2014年捐贈之文物，當中包含吟誦錄音帶，詳見本書「吟誦資料選萃」。

以上各項均附清單，1–4的清單皆列明所講篇章。4的清單並未清楚列出講者姓名，無法快速得知此批材料之整體情況，因此並未列入本次調查範圍之內。其餘錄音帶部分已製成數碼光碟，但由於講者多吟或誦一段課文再講解，然後再吟或誦下一段，要聽完所有錄音，並確認某一講者是否於課上吟誦及其吟誦篇章，需時不短。經商議後，計劃團隊決定只抽取若干錄音，以饗讀者。據悉學海書樓為慶祝一百周年，已開展「國學餘音」錄音聲帶檔案數碼化計劃，將講學錄音數碼化並公開，預計於 2022 年底前完成。相信上述 3 及 4 的大部分內容，在不久的將來即可面世。

除大學圖書館的館藏外，本計劃又邀請若干吟誦者參與錄製工作，或提供所藏吟誦錄音，唯因疫情、工作繁忙等原因，部分吟誦者未克參與，最終訪得材料如下：

6. 香港中文大學校外進修部製作之吟誦及朗誦音檔：由樊善標轉贈，原為 1970 年代發行之錄音帶，原數位化後並未保留，故錄音帶發行年及標題皆不詳。當中包括三首吟誦作品，即蘇文擢吟〈圓圓曲〉、梁崇禮吟杜甫〈登高〉及李煜〈虞美人〉。
7. 常宗豪學海講座錄音：香港中央圖書館藏，為 2004 年講授〈離騷〉之講課。
8. 訪談及錄音：郭偉廷及嚴志雄參與訪談及吟誦錄音，楊利成參與書面訪談，黃耀堃參與錄音。此外何幼惠曾在私人交流中向嚴偉簡單介紹有關吟誦及私塾的回憶，經本人同意後，亦列入採集範圍中。

此外又參考網上資源，最後決定整理其中九家吟誦調，即何叔惠、陳湛銓、蘇文擢、黃兆顯、常宗豪、陳潔淮、黃耀堃、郭偉廷及嚴志雄。前三家均因避亂來港，透過教育將廣東吟誦帶入香港學界，其中何叔惠吟誦調拖腔豐富綿密，1974 年於大嶼山旅行時所錄之七言唐詩吟誦，全長逾 45 分鐘；陳湛銓吟誦調有霸儒本色，其陸機〈文賦〉全長近 30 分鐘；蘇文擢吟誦調頻繁轉調，音階多變，允稱民族音樂中重要的原始材料。後數家均曾在書院或大學教育中接觸師長的吟誦調，在傳承之中又添新變，可以一窺二十世紀後期粵語吟誦的面貌。這九家當中，不少人並不認為自己演繹詩詞文的方式為吟誦，如陳湛銓、黃兆顯稱為「天籟」，嚴志雄稱為「讀書音」，何叔惠六弟何幼惠稱之為誦讀、朗讀；此外蘇文擢另提倡韻律誦，與吟誦不完全等同。本書按照上述的定義，將之視為吟誦調。九家以外，尚有不少遺珠之憾，衷心期盼將來在是次調查的基礎之上，能開展更大規模的研究工作。

上述材料主要以兩種方法呈現：其一為「二十世紀香港粵語吟誦典藏」，包括已剪輯之各家吟誦錄音、網上粵語吟誦資源整理及訪談影片「白雪高吟」；其二即本書《香港吟誦手冊》，附上譯譜及詞樂關係說明，以簡潔但具學理的文字向大眾及研究人員介紹二十世紀香港吟誦的概況與特色。團隊旋即在吟誦錄中選定較具代表性之篇章，並以商務印書館於 2009 年出版的《趙元任　程曦吟誦遺音錄》為藍本，展開譯譜工作。然而譯譜工作遠較想像中困難，其原因可歸納為以下數點：

1. 原錄音的限制：部分錄音帶因年代久遠，磁帶已經損壞，音質不佳；部分因錄音機與講者距離較遠，導致音量不足；部分則因背景噪音較大，掩蓋了吟誦者的聲線。這些問題導致團隊無法使用測音軟件譯譜。
2. 器材的限制：以不同影音器材播放或聆聽錄音，音高存在若干差異，導致團隊成員在分別聆聽錄音並初步記譜後，對音高的判定未能達成共識。
3. 學術訓練的差異：由於音樂及語言研究的訓練及焦點不同，對記譜方式的認知未必一致。如嚴謹的記譜應將錄音放慢，仔細記錄各種裝飾音，以至上聲音高的細微變化；然而詞樂關係研究則較關注影響調尾值和腔型的樂音，記錄過於仔細的樂音變化反而無法觀察詞樂關係的整體趨勢。此外精通西洋音樂的記譜者雖熟習五線譜的記譜法，但未必熟悉簡譜或中國音樂的音階；精通廣東音樂的記譜者即使熟知簡譜及音階，對吟誦音樂的特殊性則較為陌生。

4. 記譜處理的差異：大部分吟誦者皆未曾接受正規的音樂訓練，且部分吟誦者因較為年長，容易出現樂音不準確或突然升降調的情況。這些情況均非吟誦者有意為之，如實記錄這些樂音而不作調整，似乎有失吟誦的原意，初學者亦難以學習正確的吟誦調。此外部分拖腔較為複雜，即使放慢聆聽，仍難以準確記錄。只在放慢錄音時才能清楚聽到的裝飾音，應如何記錄？若干微分音 (microtone) 應記錄為哪一樂音？應取樂音前段還是後段的音高？這些問題都不易得出結論。
5. 對譯譜用途的理解：本書在學術研究以外，兼有吟誦入門手冊的功能，因此譯譜必須照顧初學者，甚至是沒有專業樂理知識的讀者。如何在保持譯譜正確性和便於閱讀之間取得平衡，確實是一大挑戰。此外，由於吟誦本身並無樂譜，且帶有即興性質，同一吟誦者多次吟誦同一作品，其旋律、節奏亦未必完全相同。因此譯譜應準確反映該吟誦調的特色，同時亦不必過分拘泥於若干譯譜細節。

在考慮上述問題後，團隊決定交由李梓成及任博彥記譜，再由本書作者按多年吟誦學習及實踐經驗，修改及統一譯譜體例。因此本書所載的樂譜，與其說是「記譜」，似乎說是「擬譜」更為準確，即夾雜了本書作者對吟誦調的理解，同時據吟誦的邏輯修訂，以便於初學者學習的一種樂譜。擬譜主要修訂了若干樂音，並據以下原則統一體例：

1. 吟誦調中出現變音，優先考慮定為雅樂音階，或使 **4** 及 $^{\sharp}$**4** 在譜中並存的形式，而非完全按照傳統西洋音樂的觀念；
2. 為便於比較詞樂關係，同一吟誦者的譯譜中，相同調尾值對應的唱名應盡量相近，而不應受西洋或廣東音樂的既有調性所限。

這樣的嘗試尚屬首次，是否成功，懇請讀者不吝賜教；譯譜如有任何未善或錯訛之處，責任應由本書作者承擔。

三、粵語音系及格律簡介

1. 粵語音系

除特殊讀音外，本書所錄吟誦者的粵語讀音均與香港粵語相同。以下先以國際音標列出二十世紀後期香港粵語音系：

聲母

	雙唇音	唇齒音	舌尖音	舌葉音	舌面音	舌根音	喉音
塞音	p 巴 p^h 趴		t 打 t^h 他			k 加 k^h 卡 k^w 瓜 k^{hw} 跨	
塞擦音			ts 炸 ts^h 叉				
擦音		f 花	s 沙				h 哈
鼻音	m 媽		n 拿			ŋ 牙	
近音 / 邊近音	w 蛙		l 啦		j 也		

部分吟誦者有零聲母與 ŋ- 互替 (如「安」ɔːn^{55}/ŋɔːn^{55})，或 n-、l- 交錯使用 (如蘇文擢) 的情況，[38] 譯譜中隨文標示，不再一一指出。

38 張洪年：〈21 世紀的香港粵語：一個新語音系統的形成〉，《暨南學報 (哲學社會科學)》第 24 卷第 2 期 (2002 年)，頁 27。

韻母

單元音	複元音		鼻尾韻			塞尾韻		
a: 鴉	a:i 唉	a:u 坳	a:m 函	a:n 晏	a:ŋ 坑	a:p 鴨	a:t 壓	a:k 軛
	ɐi 矮	ɐu 歐	ɐm 庵	ɐn 很	ɐŋ 鶯	ɐp 恰	ɐt 乞	ɐk 德
ɛ: 誒	ei 希	(ɛ:u 掉)	(ɛ:m[lɛ:m^{35}])		ɛ:ŋ 輕	(ɛ:p 夾)		ɛ:k 吃
œ: 靴	ɵy 虛			ɵn 荀	œ:ŋ 香		ɵt 恤	œ:k 削
ɔ: 柯	ɔ:i 哀	ou 澳		ɔ:n 安	ɔ:ŋ 匡		ɔ:t 曷	ɔ:k 惡
i: 衣		i:u 夭	i:m 奄	i:n 煙	ɪŋ 英	i:p 醃	i:t 咽	ɪk 益
u: 烏	u:i 偎			u:n 剜	ʊŋ 雍		u:t 活	ʊk 屋
y: 於				y:n 淵			y:t 乙	
音節輔音			m̩ 唔		ŋ̍ 五			

括號中的韻母只見於口語。何叔惠吟誦調中保留了較舊的 -ɿ 韻母，摩擦色彩較強，本書據實際讀音標為 -z̩。此韻母僅出現於中古精組及莊組（照二）的支、脂、之韻（舉平以賅上去）開口三等韻中，在十九世紀至二十世紀早期的粵語文獻中仍有保留，[39] 二十世紀後期的香港粵語已全部讀為 -i 。

39 參閱陳萬成、莫慧嫻：〈近代廣州話「私」「師」「詩」三組字音的演變〉，《中國語文》(1995 年第 2 期)，頁 118–122；Hung-nin Samuel Cheung, “One Language, Two Systems: A Phonological Study of Two Cantonese Language Manuals of 1888,” *Bulletin Of Chinese Linguisitics*, 1.1 (2006), pp. 178–179; 丁國偉：《1828 年至 1947 年中外粵語標音文獻反映的語音現象研究》，香港中文大學中國語言及文學哲學博士論文，2007 年，頁 833–843。

聲調

陰平	55/53	詩
陰上	35	史
陰去	33	嗜
陽平	21/11	時
陽上	13	市
陽去	22	事
陰入	5	識
中入	3	錫（愛錫）
陽入	2	食

陰平和陽平為平聲，其餘統稱仄聲。陰平調有上陰平 (55) 和下陰平 (53) 兩種變體，陽平調也有 21 和 11 兩種變體。[40] 由於吟誦調中並未發現陰平調與調尾值 3 合併為同一音高層的情況，而 21 與 11 並未影響音高層的分佈，本書一律根據陳潔雯的論文標為 55 及 21 。[41]

2. 近體詩格律

符合近體詩格律的標準形式稱為律句，律句有兩個定義：

(1) 雙數音節（五言第二、四字，七言第二、四、六字）的平仄相反（如平平仄仄平、平平仄仄平平仄）；

40 張日昇：〈香港粵語陰平調及變調問題〉，《香港中文大學中國文化研究所學報》第 2 卷第 1 期 (1969 年)，頁 81–107 。詹伯慧、張日昇主編：《珠江三角洲方言綜述》（廣州：廣東人民出版社，1990 年），頁 16–17 。

41 張群顯分別標為 55 及 11 。Marjorie K. M. Chan, “Tone and Melody Interaction in Cantonese and Mandarin Songs,” In *Working Papers in Phonetics*, No. 68 (1987), pp. 132–169. 張群顯：〈粵語字調與旋律的配合初探〉，《粵語研究》第 2 期 (2007 年 12 月)，頁 8–16 。

(2) 倒數第三字和末字的平仄相反（例：平平仄仄平，平平仄仄平平仄）。

在五言句前加兩個音節，即成七言格律，因此標準的律句只有以下四種：

(平平) 仄仄平平仄　　(仄仄) 平平仄仄平

(仄仄) 平平平仄仄　　(平平) 仄仄仄平平

Downer and Graham 將律句的這兩個性質分別稱為 ABA 系統和 xy 系統。這兩個系統的排列方法如下：[42]

七言	1	2	3	4	5	6	7
五言			1	2	3	4	5
第 1 句		A		B	x	A	y
第 2 句		B		A	y	B	x
第 3 句		B		A	x	B	y
第 4 句		A		B	y	A	x

A 和 B、x 和 y 的平仄各自相反，如 A 為平則 B 為仄，B 為平則 A 為仄。因此一句之中的雙數音節必然是 ABA 或 BAB。由於近體詩多在雙數句末押平聲韻，因此 x 往往是平聲，而 y 則往往是仄聲。

由單數句轉為雙數句時，ABA 和 xy 系統的平仄都要相反，即全部平仄相反，稱為「對」。雙數句轉為單數句，則用所謂「黏」的手法，即 ABA 系統的平仄不變，只有 xy 系統的平仄相反。不遵守對和黏的規則稱為「失對」和「失黏」。

如果 A 為仄聲的話，按照以上的原則，即可得出以下的格式：

42 G. B. Downer and A. C. Graham, "Tone Patterns in Chinese Poetry," *Bulletin of the School of Oriental and African Studies*, Vol. 26, no. 1 (1963), pp. 145–48.

七言	1	2	3	4	5	6	7
五言			1	2	3	4	5
		仄		平	平	仄	仄
		平		仄	仄	平	平
		平		仄	平	平	仄
		仄		平	仄	仄	平

由於第一句第二字為仄聲，這種格式稱為仄起式。平起式 (A= 平) 則是：

七言	1	2	3	4	5	6	7
五言			1	2	3	4	5
		平		仄	平	平	仄
		仄		平	仄	仄	平
		仄		平	平	仄	仄
		平		仄	仄	平	平

律詩將平起或仄起格式再重複一遍即可。表中沒有標示平仄的音節 (即五言第一字，七言第一、三字) 原則上不拘平仄，但以下情況例外：(1) 三平 (雙數句末三字皆平)；(2) 孤平 (雙數句倒數第四字為平，左右為仄)。此外首句可選擇入韻，入韻時 x 與 y 位置互調即可。

此外又有拗句的特殊形式，因本書所錄吟誦調中未見與拗句有關的特殊詞樂關係，茲不詳述。[43]

43 可參閱王力：《漢語詩律學》(上海：新知識出版社， 1958 年)，頁 91–112。

3. 叶音

「叶」為「協」的古文，所謂「叶音」，即「以後代『今音』(引按：指中古音，此處亦包括近代音) 讀古韻文 (或仿古韻文) 出現韻讀失諧時為協韻而加注的音」。[44] 現存最早提到叶音概念的是梁朝沈重的《毛詩音》，自宋代吳棫、朱熹等人大量使用叶音閱讀《詩經》及《楚辭》，叶音說得以進一步拓展。叶音的原意在於「恢復或追認韻諧關係」，[45] 即據讀者的音系改讀經典韻字，使原本聽起來不押韻的韻腳在讀者口中變成押韻，其目的並非深入研究上古音與中古音差異。朱熹的這一段話最能體現叶音的特性：

> 器之問《詩》叶韻之義。曰：「只要音韻相叶，好吟哦諷誦，易見道理，亦無甚要緊。」[46]

隨着上古音研究的發展，叶音因以今律古及其隨機改讀的性質而為學人所詬病，如明代陳第〈毛詩古音考〉即批評「以今韻讀古詩，有不合，輒歸之於叶，習而不察」。[47] 叶音說雖然未能完全把握上古音的真貌，但同時卻因以今律古，在一定程度上保留了後代語音甚至方音的特徵，在聲韻學研究上具有特殊的地位。[48]

是次採集的《詩經》及《楚辭》吟誦調中，何叔惠、蘇文擢及常宗豪均曾使用叶音，但各家的實際讀音並不完全一致。以下比較蘇文擢及常宗豪吟誦〈離騷〉的若干叶音差異，以見一斑：

---

44 汪業全：《叶音研究》(長沙：岳麓書社，2009 年)，頁 2。

45 《叶音研究》，頁 2。

46 黎靖德編，王星賢點校：《朱子語類》(北京：中華書局，1986 年)，冊 6，頁 2079。

47 陳第著，康瑞琮點校：《毛詩古音考 屈宋古音義》(北京：中華書局，2008 年)，頁 9。

48 有關叶音說的發展與研究史，可參閱《叶音研究》，頁 10–78。

原文	粵語讀音	蘇文擢讀音	常宗豪讀音
阽余身而危死兮，覽余初其猶未悔。	fuːi³³	fiː³⁵	fuːi³³
不量鑿而正枘兮，固前脩以菹醢。	hɔːi³⁵	ŋiː³⁵	hɵy³⁵
吾令羲和弭節兮，望崦嵫而勿迫。	paːk⁵/ pɔːk⁵	pɔːk⁵	paːk⁵
路漫漫其脩遠兮，吾將上下而求索。	saːk³/ sɔːk³	sɔːk³	saːk³
溘吾遊此春宮兮，折瓊枝以繼佩。	pʰuːi³³	pʰiː²¹	pʰuːi³³
及榮華之未落兮，相下女之可詒。	jiː²¹	jiː²¹	jiː²¹
吾令豐隆乘雲兮，求宓妃之所在。	tsɔːi²²	tsiː²²	tsiː³⁵
解佩纕以結言兮，吾令謇修以為理。	lei¹³	liː¹³	lei¹³

四、粵語吟誦的詞樂關係

粵語吟誦調的詞樂關係，可從以下的角度加以觀察：

1. 音高：包括使用的樂音音高、音域、聲調與樂音的對應關係；
2. 腔型：平聲、仄聲或四聲特有的腔型，或特定聲調相連時所用的腔型；
3. 節奏：停頓或延長與特定聲調、文體的關係；
4. 文體與旋律：如近體詩中，如何體現 ABA 系統或 xy 系統的平仄對立；
5. 其他特徵：叶音、特殊讀音、襯字等。

1. 音高

上文提到趙元任認為吟誦調中「只要是『仄仄平平仄仄平』，就總是那末吟法」，這句話在粵語吟誦中並不完全正確。以下先比較戴君仁 (1901–1978) 以北方方言吟誦及何叔惠粵語吟誦的〈秋興八首〉其中兩句，這兩句的格律同為平平仄仄平平仄：

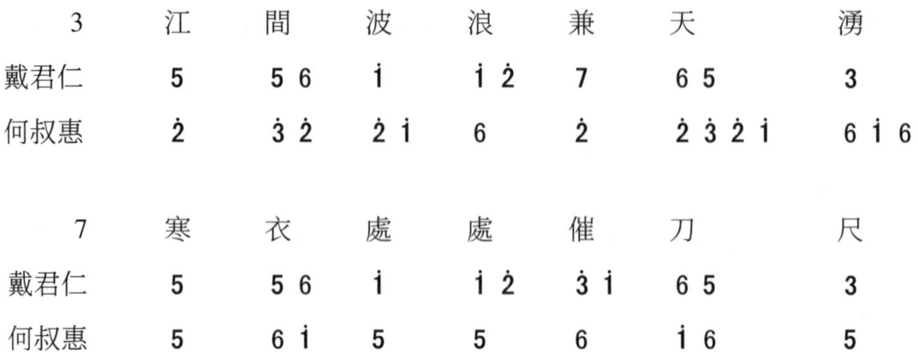

3	江	間	波	浪	兼	天	湧
戴君仁	5	5 6	1̇	1̇ 2̇	7	6 5	3
何叔惠	2̇	3̇ 2̇	2̇ 1̇	6	2̇	2̇ 3̇ 2̇ 1̇	6 1̇ 6

7	寒	衣	處	處	催	刀	尺
戴君仁	5	5 6	1̇	1̇ 2̇	3̇ 1̇	6 5	3
何叔惠	5	6 1̇	5	5	6	1̇ 6	5

戴君仁所吟兩句，平仄相同，四聲相異，但旋律走向基本全同；但何叔惠所吟的旋律卻完全不同，這是由於粵語吟誦調據實際語音「以字行腔」，因而無法像其他方言的吟誦調般按平仄有固定的旋律。如果「平平仄仄平」一句，按粵語九聲共有 392 種組合，即使按下文提到的調尾值原則歸類，亦有 48 種之多，因此沒有可同時適合各種組合的單一旋律。

既然粵語吟誦調的旋律如此多變，那麼聲調與旋律如何對應？陳潔雯最先發現粵語聲調的調尾值與樂音的對應關係：[49]

調尾值	聲調		
5	55（陰平）	35（陰上）	5（陰入）
3	33（陰去）	13（陽上）	3（中入）
2	22（陽去）		2（陽入）
1	21（陽平）		

調尾值相同的聲調可以交替使用，如某一樂音可配陰平調 55，那麼該樂音也可以配陰入 5 和陰上 35。因此按調尾值區分，可分為 5、3、2、1 四層，當中陽平調只能獨用，其餘聲調都有可以共用的聲調，張群顯把 55、33、

49 “Tone and Melody Interaction in Cantonese and Mandarin Song,” p. 138.

22、11（即本文的 21）這四種「純靠音高來區分」的平調類型稱為「類音階」。[50] 因此粵語吟誦調在遵守固有的平仄二分律以外，其實際相配樂音須按照調尾值的四分原則。以何叔惠吟〈秋興八首〉首二句為例（為方便討論，只保留主要音）：

1	玉	露	凋	傷	楓	樹	林，
樂音	6	6	2̇	2̇	1̇	♯4	2
調尾值	2	2	5	5	5	2	1

2	巫	山	巫	峽	氣	蕭	森。
樂音	2	1̇	2	♯4	5	1̇	6
調尾值	1	5	1	2	3	5	5

這兩句的詞樂關係可歸納如下（只考慮主要音）：

調尾值	第一句樂音	第二句樂音
5	1̇ 2̇	6 1̇
3	--	5
2	♯4 6	♯4
1	2	2

可以看到調尾值愈高，所配樂音也愈高，而且調尾值與樂音也不是一對一的關係，而是在一定的範圍之內。從此又可以看到每句的詞樂關係未必完全一致，如 6 在第一句與調尾值 2 相配，到了第二句則與 5 相配，反映出音高可於每行詩句重設的特質，甚至在句中的節奏點就已經重設：

50〈粵語字調與旋律的配合初探〉，頁 8–16。

	夔	府	孤	城	落	日	斜
樂音	**5**	**1̇**	**1̇**	**5**	**♯4**	**♯4**	**2**
調尾值	1	5	5	1	2	2	1

「落日」兩字調尾值 2 雖比「夔」和「城」的 1 高，但所配的樂音反而較低，反映了在節奏點「城」後音高已重設。

大部分吟誦調，按其方言聲調的特性，一般展現為「平高仄低」或「平低仄高」，[51] 即以樂音高低的二元對立表現平仄的交錯。然而陰平調和陽平調由於調尾值分屬 5 和 1，因此所配的樂音分別最高與最低；仄聲各調，除陰上為 35、陰入為 5 外，其餘各調的調尾值都是 3 和 2，介於陰平和陽平之間。因此粵語吟誦調的平仄對立，是平高或低、仄中央的「極端」與「非極端」對立。[52] 再以何叔惠吟〈秋興八首〉首四句為例：

	玉	露	凋	傷	楓	樹	林，	巫	山	巫	峽	氣	蕭	森。
樂音		**6**		**2̇**		**♯4**			**1̇**		**♯4**		**1̇**	
平仄		仄		平		仄			平		仄		平	
高低		中		高		中			高		中		高	

	江	間	波	浪	兼	天	湧，	塞	上	風	雲	接	地	陰。
樂音		**2̇**		**6**		**2̇**			**♯4**		**2**		**4**	
平仄		平		仄		平			仄		平		仄	
高低		高		中		高			中		低		中	

51 《古詩詞文吟誦導論》，頁 87–92。

52 蕭振豪：〈南音新平仄律詞樂關係新探：以杜煥〈客途秋恨〉為例〉，《開篇》第 33 卷 (2014 年)，頁 380–381。

觀察這四句的雙數音節（即 ABA 系統），樂音均在「中央」與「高或低」之間擺盪，且兩句之間相反，表現了近體詩中「對」的特質；雙數句與下一句則相同，表現了「黏」的特質。同理，近體詩的單數句末為仄（首句入韻例外），雙數句末為平，樂音中也反映為「中央」與「高或低」之別，以下列出〈秋興八首〉首八句的句末樂音：

	林	森	湧	陰	淚	心	尺	砧
樂音	2	6	1̇	1̇	♯4	6	5	6
平仄	平	平	仄	平	仄	平	仄	平
高低	低	高	*高	高	中	高	中	高

第五、七句末的仄聲字均配中層的 ♯4 或 5 音，與平聲句末的高或低形成對比。然而這種對應並非毫無破綻，由於陰上為 35、陰入為 5，與陰平 55 調尾值相同，所配音高也可相同，即調尾值 5 是平仄聲共用，平田昌司把這種平仄兩類分界趨於模糊的情況稱為「平仄的崩潰」。[53] 如上例第三句的「湧」為陰上調 35，所配的樂音與第四句的陰平調 55「陰」相同，因此無法從樂音體現傳統平仄的對立。

粵語吟誦調另一特別之處是調尾值有合併的現象，其中比較常見的是調尾值 2 與 1 合併，即調尾值 2（陽去、陽入）和 1（陽平）的字所配音高相同。何叔惠、陳湛銓、黃兆顯、常宗豪、陳潔淮、黃耀堃吟誦調均有不同程度的相混現象：

53 平田昌司：〈平仄或說〉，《聲韻論叢》第 11 期 (2001 年 10 月)，頁 185-201。

	初	度	兮	露	才	揚	己
樂音	2 1	6̣	6̣	6	6	6	2̇
調尾值		2	1	2	2	1	

常宗豪吟〈離騷〉5　　黃耀堃吟〈辯騷〉17

由於調尾值 2 與 1 的合併牽涉陽平與仄聲字相混，故此也會導致 ABA 及 xy 系統的平仄對立無法完全體現。如合併最為徹底的黃耀堃吟誦調：

	月	落	烏	啼
樂音	6	6 1̇	2̇	6
平仄		仄		平

〈楓橋夜泊〉1

仄聲「落」和平聲「啼」完全同音，無法體現 ABA 的平仄對立；此首後三句末字「眠」、「寺」、「船」所配樂音同為 6 ，因此也無法體現 xy 系統的平仄對立。此外蘇文擢有少數調尾值 3 與 2 相混的例子。

還有少數字因遷就旋律，聽起來樂音與字調不甚諧協。[54] 這種情況在何叔惠、陳湛銓和蘇文擢的吟誦調中較為常見，且均有一定的規律可尋。充分掌握其規律後，可在學習時當作該吟誦調的特色加以發揮。

54 音程 (interval) 也是影響字調理解的因素之一。有關粵語各聲調組合與音程的關係，可參照周敏盈及陳啟揚的研究數據。Chow Man Ying, *Singing the Right Tones of the Words: The Principles and Poetics of Tone-Melody Mapping in Cantopop*, Mphil. dissertation, The University of Hong Kong, Hong Kong, 2012, p. 96. Kai-Young Chan, "Tone-interval Interface," https://www.cantonesecomposition.com/tone-interval-interface.html, retrieved 28 April, 2022.

2. 腔型

吟誦調中一字配多於一個樂音，有時是為了表達聲調的調型，如陰上 35 配上升的旋律，可反映陰上調的升調性質。有些則只屬過渡音，如蘇文擢吟〈摸魚兒〉，「煙柳斷腸」四字吟成 **3̇ 7 - 6 ♯5 - ♯5 3 - 3** ，前三字最後所配的 **7** 、**♯5** 和 **3** 等音主要是為了順利與後一音相連而加入的過渡音。但如果前後所加的裝飾音多見於特定的聲調，則成為了固定的腔型。平聲腔型為最常見的腔型，陰平腔型又較陽平腔型為多，何叔惠甚至在平聲處加入大量拖腔，成為該吟誦調的主要特徵。仄聲腔型較為罕見，何叔惠吟誦調及蘇文擢吟誦調均有上、去聲通用的腔型，何叔惠吟誦調及陳湛銓吟誦調另有去聲專用的腔型。

平聲腔型是區分平仄的重要標記，如調尾值同是 5，陰平使用腔型，陰上及陰入一般不使用腔型，對比鮮明。如何叔惠吟〈秋興八首〉：

	滄	江	≠	小	苑	綵	筆
樂音	**6**	**1̇ 6**		**1̇**	**1̇**	**1̇**	**1̇**
聲調		陰平			陰上		陰入

值得注意的是，腔型的樂音走向不一定完全符合該字的字調。[55] 如陰平調為平調，諸家吟誦調所配的往往是降音程，何叔惠的拖腔甚至在主要音附近上下游走；上聲為升調，去聲為平調，何叔惠及蘇文擢卻配升音程或降音程：

55 粵語流行曲中的情況，可參閱 Vincie W. S. Ho, *A Phonological Study of the Tone-Melody Correspondence in Cantonese Pop Music*, PhD dissertation, The University of Hong Kong, Hong Kong, 2010, pp. 57–60. *Singing the Right Tones of the Words: The Principles and Poetics of Tone-Melody Mapping in Cantopop*, pp. 63–93.

	江	坐	語
樂音	3̇ 2̇ 3̇ 2̇ 1̇ 6 5	♯4 6 1̇	6 5 3
調值	55	22	13
	何叔惠吟	何叔惠吟	蘇文擢吟
	〈揚州慢〉6	〈秋興八首〉18	〈摸魚兒〉9

因此「一些延長的音節中，粵語字調並非總是通過整個音節的音高曲線實現，只需要有一部分能實現字調特徵即可，其他的部分可以根據旋律需要而自由變化」。[56]

除了單字腔型外，尚有特定聲調相連時所用的腔型，在各家吟誦調中可見陰平相連腔（何叔惠）和陽平相連腔（陳湛銓、常宗豪）：

	青	天	臨	雲	靈	均
樂音	4̇	2̇ 1̇ 6	3̣	6̣	3̣ 5̣	6̣
	何叔惠吟		陳湛銓吟		常宗豪吟	
	〈水調歌頭〉2		〈文賦〉13		〈離騷〉8	

由於陰平和陽平的調尾值最高或最低，導致其所配樂音的音域較廣，這也是何叔惠吟誦調的拖腔得以上下游走的原因：

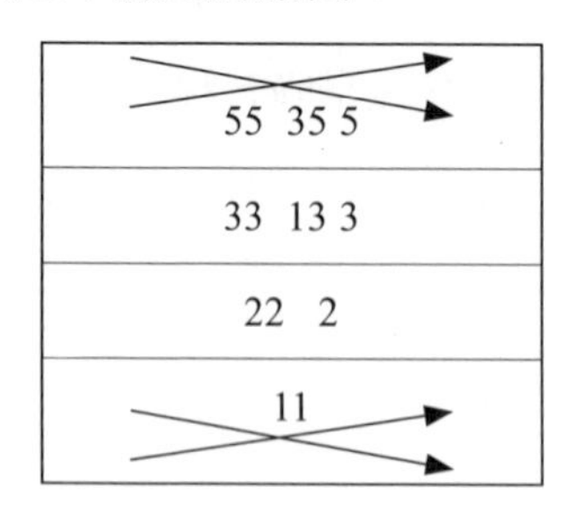

56 張凌：〈粵語字調在古詩唱誦中的運用〉，施仲謀、廖先主編：《朗誦與朗誦教學新探》（香港：商務印書館（香港）有限公司，2019年），頁105。

因沒有比陰平更高的聲調，也沒有比陽平更低的聲調，只要樂音在與陰平和陽平相配的樂音範圍內，樂音無論向上抑或向下游走都不影響辨義。大部分仄聲的調尾值均處中央，樂音稍為升降，即容易使調尾值 2 和 3 相混（尤其樂句的音域較窄時），因此較少使用相連腔。

3. 節奏

詩歌中的節奏可分為不同的層次，松浦友久歸結為以下六種：[57]

<table>
<tr><td colspan="3">語言節奏</td><td>樂曲節奏</td></tr>
<tr><td colspan="2">韻律節奏</td><td>意義節奏</td></tr>
<tr><td>音節</td><td>拍節</td></tr>
</table>

以杜牧詩「千里鶯啼綠映紅」為例，七個漢字即七個音節。然而詩歌的節奏則再進一步，把這七個音節轉化為四個拍節，即千里 | 鶯啼 | 綠映 | 紅 0| (0 代表休止）。[58] 拍節的概念與西洋詩歌中的音步 (foot) 大致對應，因此漢語詩歌以兩字（即兩個音節）為一個拍節的單位。所謂休止即「拍有流動，音無流動」，即「紅 0」一拍中，「紅」字只佔半拍，剩下半拍卻在沒有字音相配的情況下結束，松浦友久稱為「節奏的真空狀態」。休止在實際朗誦或吟唱時，有時以停頓表示，有時則以前一字的延長來表示，故延長其實是休止的一種變體。[59] 音節和拍節都屬於韻律節奏的範疇，不受意義節奏管束。「葡萄 | 美酒 | 夜光 | 杯 0|」如果根據意義切分，應為「葡萄美酒 | 夜光杯 |」，但詩歌一般仍以韻律節奏為主。

以上所述都屬於語言節奏，即按照韻律或語法而形成的節奏。與此相對

57 松浦友久：《リスムの美学ー日中詩歌論ー》（東京：明治書院，1991 年），頁 8–42。

58 原書使用 X，因本書亦使用 X 表示吟誦節奏，茲改為 0。

59《リスムの美学ー日中詩歌論ー》，頁 37。

則有樂曲節奏，包括朗誦、吟誦、歌唱等的人為節奏，吟誦調中所體現的節奏即屬此類。樂曲節奏在韻律節奏之上，對節奏的演繹擁有較大的自由度，除休止外，每一拍節後（即 | 號，本書稱為節奏點）在吟誦調中也可按特定規律停頓或延長。如同為「江楓 | 漁火 | 對愁 | 眠 0|」，何叔惠和黃耀堃的節奏處理即有不同：

何叔惠

黃耀堃

同樣是平聲的節奏點，「楓」字何叔惠和黃耀堃拖長兩拍或兩拍半，「眠」字黃耀堃拖長至兩拍，何叔惠則沒有延長，僅有停頓。節奏點「火」黃耀堃停頓一拍，何叔惠則受調尾值原則影響，因調尾值為 5 而延長；此外何叔惠又按照意義節奏，在「對」字後延長及並加上襯字，黃耀堃則沒有特別的節奏處理。

平長仄短是中國各方言吟誦調的基本原則。一般而言，七言近體詩以末字、第二及四的平聲字為主要節奏點，必須延長或停頓；部分吟誦者如陳湛銓及蘇文擢，則於第五及六字處也延長處理。仄聲除使用特殊腔型外，一般較短；入聲字多較短促，後附停頓。古詩或古文等對平仄沒有要求的文體，平仄長短的對立較為模糊。

最後補充兩種特殊的句式。詞中有所謂逗（豆）句，包括三、四及三、五逗句等。三、四逗句與一般七言句不同，其休止出現在句中，如「楊柳岸、曉風殘月」的節奏為「楊柳 | 岸 0| 曉風 | 殘月」。[60] 此外辭賦中有所謂句腰的概念，劉熙載《藝概》：

> 騷調以虛字為句腰，如「之」、「於」、「以」、「其」、「而」、「乎」、「夫」是也。[……] 如「帝高陽之苗裔兮」、「攝提貞於孟陬兮」，「之」、「於」兩字為腰。[……]〈九歌〉以「兮」字為句腰，[……] 如「吉日兮辰良」[……]「浴蘭湯兮沐芳」。[……][61]

辭賦中最常見的句式「□□□○□□兮」和「□□□○□□」，[62] 第四字□多用虛字，即句腰所在，其節奏為「□ | □□ | ○ | □□ | 兮 0」、「□ | □□ | ○ | □□ |」，出現了類似切分音 (syncopation) 的節奏。[63] 何叔惠、

60《リスムの美学ー日中詩歌論ー》，頁 205。

61 劉熙載：《藝槩 [概]》，《續修四庫全書》影印同治刻古桐書屋六種本，冊 1714，頁 517b。

62 騷體各種句式的整理，可參黃耀堃：〈兩漢辭賦亂辭考〉，《新亞學術集刊》第 13 期 (1994 年)，頁 287–305。

63 松浦友久：〈中国古典詩のリズム——リズムの根源性と詩型の変遷〉，《中国詩歌原論——比較詩学の主題に即して》(東京：大修館書店，1986 年)，頁 127–179。《楚辭》切分音節奏的初步分析，可參閱馮勝利：〈論三音節音步的歷史來源與秦漢詩歌的同步發展〉，《語言學論叢》第三十七輯 (2008 年)，頁 38。

陳湛銓、蘇文擢、常宗豪、黃耀堃、嚴志雄在處理此一句式的吟誦節奏均不相同，反映其獨特的風格。

總括而言，粵語吟誦調中的詞樂關係主要受調尾值原則所支配，但與傳統平仄律對應，同時又必須解決「平仄的崩潰」導致平仄相混的問題。因此單字腔型、平聲相連腔型和平長仄短等特徵，都可用以凸顯平聲和仄聲在近體吟誦調的差異，以考見各家詞樂關係的特色，詳情可見各家吟誦調簡介：

	何叔惠	陳湛銓	蘇文擢
音域	廣，八度以外	八度以內	八度以內
音程	較窄	向 1 靠攏	跳躍度大
旋律優先	有	有	有
高、低音層	有	無	有
調尾值 2 與 1 相混	少量	無	無
單字腔型	陰平、陽平、上、去、仄	陰平、陽平、去	陰平、陽平、上去
相連腔型	陰平、陽平	陽平	無
七言近體延長	第二、四平聲，第七字	第四、七字，第二、六字平聲；第五字偶爾延長	第二、四平聲，第七字（快）； 第二、四、五、六、七字（慢）

五、粵語吟誦入門建議

1. 選定有意學習的吟誦調後，先反覆聆聽相關錄音，並按體裁逐一學習。首先從本書附有譯譜的篇章入手，盡量模仿錄音的吟誦特色，然後才回到本書所列各項詞樂關係的條例，與所學的篇章互相對照。能大致掌握詞樂關係後，可嘗試吟誦已有錄音、但本書未附樂譜的篇章，並與原錄音比較，了解自己未能模仿該吟誦調的哪些特質。待各體均能吟誦後，再嘗試錄音以外的篇章，如遇無法確定所配樂音的詞組，可根據本書所列的詞樂關係，嘗試推敲出相應的樂音。以李商隱〈安定城樓〉「欲回天地入扁舟」(「扁」平聲) 一句為例，據本書所列詞樂關係，可推出何叔惠、陳湛銓、蘇文擢三家的吟誦旋律：

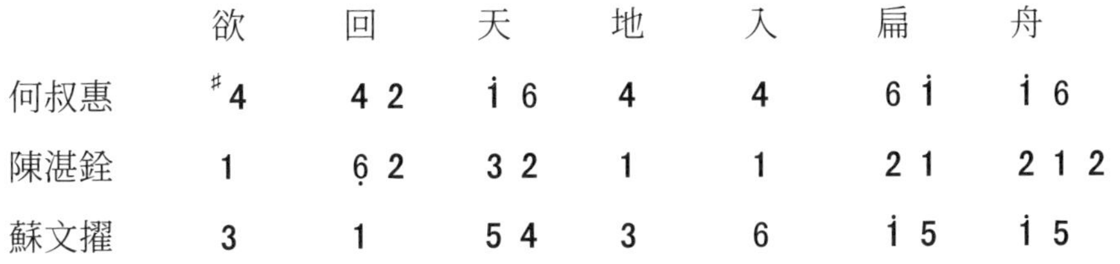

	欲	回	天	地	入	扁	舟
何叔惠	$^{\sharp}4$	4 2	$\dot{1}$ 6	4	4	6 $\dot{1}$	$\dot{1}$ 6
陳湛銓	1	$\underset{\cdot}{6}$ 2	3 2	1	1	2 1	2 1 2
蘇文擢	3	1	5 4	3	6	$\dot{1}$ 5	$\dot{1}$ 5

當然同一調尾值可對應多於一個樂音或腔型，這也意味着吟誦旋律存在多於一種可能性。例如「欲回」為陽入 – 陽平，如果不肯定應如何吟唱，可在譯譜中尋找陽入 – 陽平的組合，看看吟誦者如何處理。節奏和停頓方面，也可按照以上原則逐一推敲。

2. 對平仄格律、四聲及粵語四層調尾值，尤宜了然於心。能馬上辨認出聲調及調值，自然就能馬上找出對應的樂音；倒過來熟習吟誦，也有助於馬上辨認出平仄四聲。初學者可比較近體詩吟誦調中平起句和仄起句，以及其他各體中平聲節奏點的吟法，潛移默化，把平仄、四聲和調尾值的音響效果轉化為反射動作般的自然反應。

3. 初學者容易將吟誦與歌唱相混。如停留於歌唱的層次，即便能熟練地唱出吟誦調，但遇到未曾吟誦的新篇章，勢必難以招架，不知道應如何安排樂音。入門時尚未掌握吟誦調旋律，以歌唱的形式以助記憶，不失為便宜之法；但熟練之後，應逐漸擺脫歌唱的影子，達致似唱不似唱，似誦不似誦，方能展現吟誦的獨特風格。尤其對於樂音、拖腔和節奏，不必過度拘泥，以能信口即吟，隨時變化為佳。

4. 吟誦為讀書調，是閱讀和教學時吟味詞句、抒發情志、幫助記憶篇章的工具，原非為表演而設。因此自然流露的動作、手勢和表情固無不可，卻非必要，更不應渲染激越或悲苦的情緒。網上流傳一段影片，內容是幾位學生向葉嘉瑩表演吟誦，當中使用了大量的手勢和動作。葉嘉瑩聽後表示，吟誦是「拿我自己的心來體會古人的詩的情意」，要自然地表現感情，不必使用手勢，也不要流於造作和誇張，那是一種表演乃至扭曲。[64] 葉嘉瑩的說法，可謂清楚說明了吟誦的本質。至於蘇文擢所提倡的韻律誦，本來即與朗誦表演及比賽息息相關，與傳統吟誦在性質上有一定的差異；而蘇文擢在課堂上的吟誦，亦未聞有誇張的手勢或聲情表現，這一點足為傳承吟誦者所深思。此外，加上樂器伴奏的做法也與傳統吟誦相去彌遠，甚至會干擾吟誦者的發揮，亦屬不必。

64 「穿越 76 年的吟誦——先是孩子們給葉嘉瑩吟誦，再是葉嘉瑩給孩子們吟誦」，https://v.youku.com/v_show/id_XMzIzMjQ0NzA4.html?spm=a2h0c.8166622.PhoneSokuUgc_13.dtitle，登錄於 2022 年 4 月 25 日。

何叔惠吟誦調

何叔惠 (1919–2012)，名家僾，字叔惠，號薇盦，齋號三在堂、雙薇館，順德水藤人。大伯父何國澄登進士第，二伯父何國澧授翰林院編修，父國溥為秀才，並稱「何家三鳳」。幼從堂姊丈老伯淮、簡朝亮弟子任子貞讀書，後入讀廣雅書院。抗日戰爭爆發，避地香港，先後於珠海中學、崇文英文書院、堅道英文書院執教，任永亨銀行及何耀光 (1907–2006) 至樂樓中文秘書等職。曾於學海書樓講學，並設立鳳山藝文院。善書畫詩詞，作品收入《薇盦存稿》、《懷鄉詠》、《三在堂詩書畫冊》等。

何叔惠吟誦調在現存各家吟誦調中數量最多，文體較齊全，且較易在網上獲得。本吟誦調雖花腔較多，頗為動聽，但同時也使學習難度增加，傳習者較少。據筆者所掌握，現時僅有蕭振豪在大學教學中使用此吟誦調。譯譜錄音的原出處為：

1. 香港中文大學圖書館所藏，由何叔惠後人所捐贈之「何叔惠先生講學錄音帶」，為 1997 年至 2007 年期間之講課錄音，及 1974 年前後之吟誦錄音；
2. YouTube 頻道 yueculture 所上載之何叔惠吟誦錄音。
3. 國際經典文化學會網站「何叔惠老師選講歷代詩文」中鳳山藝文院之講課錄音。

以上三批材料的錄音互有重疊，但以 1 最為完整。當中 1974 年於大嶼山旅行時所錄之七言唐詩吟誦，一氣呵成，全長逾 45 分鐘，堪稱粵語吟誦研究及教學中不可多得的重要文獻。由於何叔惠吟誦調的詞樂關係較為複雜，讀者可先熟聽吟誦錄音，不必過分拘泥於以下所列的規律。

音高

1. 各首所用的主要樂音為 1 2 3 4 ♯4 5 6 7 1̇ 2̇ 3̇ 4̇ ，且往往分高音層及低音層，以下按體裁說明與調尾值的對應關係：

近體詩

調尾值	樂音
5	5 6 1̇ 2̇ 3̇
3	4 5 6 1̇
2	2 3 ♯4 5 6
1	6̣ 1 2 3 ♯4 5

《詩經》

調尾值	樂音
5	6 1̇
3	5
2	♯4 6
1	1 2 ♯4 5

五古

調尾值	高音層	低音層
5	2̇ 3̇ ♯4̇	6 7 2̇
3	7 2̇	5 6
2	6	3 ♯4 5 ♯5
1	4 6	2 3

七古

調尾值	高音層	低音層
5	1̇ 2̇	5
3	5	3 4 5
2	♯4	2 3
1	2 3 5	1 2

詞

調尾值	高音層	低音層
5	6 1̇ 2̇ 3̇ 4̇	5 6
3	5 1̇	4
2	♯4 5 6	2 3
1	2 4 5	1 2 3

文（以〈滕王閣序〉為例）

調尾值	高音層	低音層
5	$\dot{1}$ $\dot{2}$ $\dot{3}$	5 6 $\dot{1}$
3	$\dot{1}$	4 5
2	6	2 3 4 $^{\#}$4
1	5	1 2 3

2. 何叔惠吟誦調中的高、低音層重疊度頗大，主要以陰平及陽平所配的樂音為標誌，其餘聲調所配樂音據此上調或下調。有時甚至出現句中同時出現高、低音層的情況，如〈琵琶行〉：

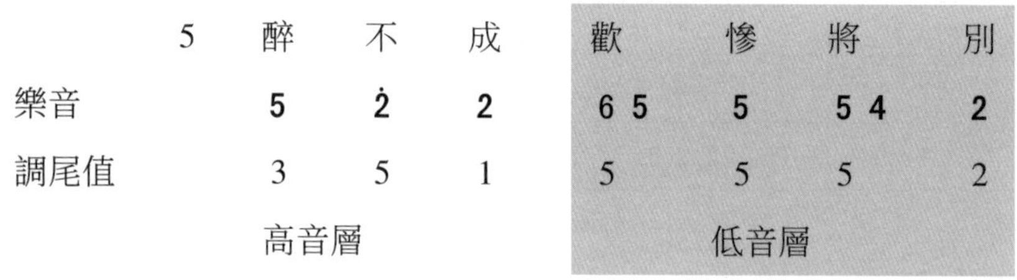

	5	醉	不	成	歡	慘	將	別
樂音		5	$\dot{2}$	2	6 5	5	5 4	2
調尾值		3	5	1	5	5	5	2
		高音層			低音層			

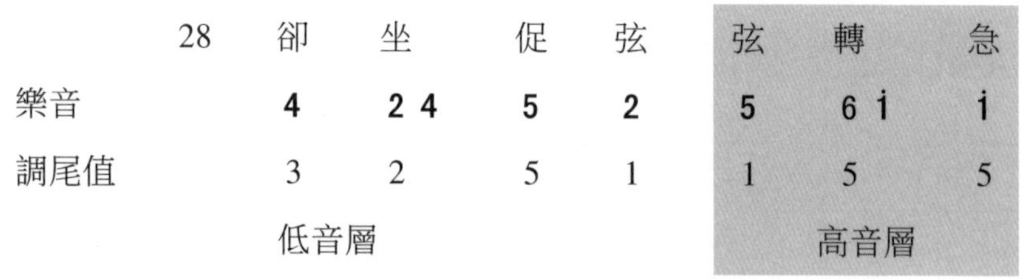

	28	卻	坐	促	弦	弦	轉	急
樂音		4	2 4	5	2	5	6 $\dot{1}$	$\dot{1}$
調尾值		3	2	5	1	1	5	5
		低音層				高音層		

3. 調尾值2與1（即陽平、陽去及陽入）偶有相混的現象，如：

	行	行	重	行	行	無	力	百	花	殘
樂音	6	6 4	6	6 4	4	1	2	4	5	2
調尾值	1		2				2			1

〈行行重行行〉1　　〈無題〉（相見時難別亦難）2

4. 何叔惠吟誦調有好用較窄音程的傾向，導致部分旋律與調尾值不甚諧協，以下以 * 號標出：

	*其	間	*秀	才	蠟	*炬	*成	灰
樂音	5	6 5	3	3 2	3	4	4	6 1̇ 6 1̇ 6 5
調尾值	1	5	3	1	2	2	1	5

〈琵琶行〉17　〈陳情表〉29　〈無題〉(相見時難別亦難) 4

	孟	學	士	之	*詞	宗
樂音	♯4	♯4	♯4	5	♯4	5
調尾值	2	2	2	5	1	5

〈滕王閣序〉24

「其」、「炬」、「成」、「詞」聽起來均似陰去調，「秀」則似陽去調。

腔型

1. 陰平單字腔型最為常見，亦為本吟誦調的主要特徵。較短的主要腔型如 1̇ 6 (〈逢入京使〉1「東」、2「雙」)、 6 1̇ (〈秋興八首〉32「居」、〈無題〉(颯颯東風細雨來) 8「心」、)、 6 5 (〈楓橋夜泊〉3「山」、〈陳情表〉18「親」)、 2̇ 1̇ 6 (〈秋興八首〉17「暉」、〈滕王閣序〉8–9「墟」) 、 3̇ 2̇ (〈秋興八首〉3「間」、17「家」) 等，其中 6 1̇ 在諸家吟誦調中較為罕見，特色鮮明。較長的拖腔常見於近體詩、詞及部分古文吟誦調中，樂音均在主要音附近徘徊，因屬隨興發揮，較難歸納出一定的規律，僅引數例如下：6 1̇ 6 1̇ 6 5 (〈楓橋夜泊〉2「楓」)、 6 5 6 5 3 (〈陳情表〉32–33「中」) 、 3̇ 2̇ 3̇ 2̇ 1̇ 6 1̇ (〈秋興八首〉32

「思」)、 6 5 6 5 6 5 4 5 4 2(〈無題〉(相見時難別亦難) 2「風」)、 1̇ 6 1̇ 6 5 4 3 2(〈水調歌頭〉5「風」)、 4 5 6 5 6 5 3(〈無題〉(颯颯東風細雨來) 6「妃」) 等，其中 3̇ 2̇ 3̇ 2̇ 1̇ 6 1̇ 及其變體最具特色。

2. 陽平單字腔型，較短者有 3 2(〈楓橋夜泊〉2「眠」)、 5 2(〈逢入京使〉3「逢」)、 4 2(〈水調歌頭〉4「年」)、 4 5 4 2(〈揚州慢〉12「郎」、〈滕王閣序〉9「靈」、〈陳情表〉52「為」) 等；較長者則只見於近體詩及詞，如 2 4 2 4 2 (〈無題〉(相見時難別亦難) 5「愁」)、 4 5 4 5 4 2 (〈揚州慢〉7「池」)。

3. 上聲除配上升腔型外，與去聲字可共同使用 ♯4 6 1̇ 或 5 6 1̇ 腔型。此腔型僅見於〈秋興八首〉，如 15「上」、21「疏」、24「自」、30「羽」。此外句末去聲字又有較短的 ♯4 5 腔型，如 23「賤」、* 其八「象」。

4. 入聲字較為短促，吐出韻尾後延長時須用襯字「啊」以助延長，如〈秋興八首〉31「寞（啊）」。另外陰入字的音色有時類近誦讀，如 *〈秋興八首〉其六「鵠」、其七「黑」。

5. 陰平或陽平相連時除使用同音外，陰平相連時可使用上升腔型（即前字較低）或下降腔型（即前字較高），當中以上升腔型較常見。[65] 陽平相連時則多使用下降腔型。後字可再配上述的陰平或陽平單字腔型。如：

	衣	冠	東	風
樂音	6	1̇	2̇	3̇ 2̇ 3̇ 2̇ 1̇ 6 1̇
聲調	陰平	陰平	陰平	陰平
	〈秋興八首〉28		〈無題〉(相見時難別亦難) 2	

65 陰平與陰入相連亦可使用此腔型，但陰入不再配拖腔，如〈秋興八首〉5「叢菊」。

	燒	香	之	墟
樂音	1̇	6 5	3̇	2̇ 1̇ 6
聲調	陰平	陰平	陰平	陰平
	〈無題〉（颯颯東風細雨來）3		〈滕王閣序〉8–9	

	漁	人	寒	潭
樂音	5 #4	2	5	4 2
聲調	陽平	陽平	陽平	陽平
	〈秋興八首〉19		〈滕王閣序〉33	

6. 陰平與陽平相連時，有時偏好使用較窄的音程，此一傾向在花腔較多的吟誦調中更為明顯。陰平–陽平組合，如〈秋興八首〉21「功名」用較寬的 1̇ 6 - 2 ，但 18「江樓」用較窄的 6 5 - 2；又如〈無題〉（颯颯東風細雨來）5「窺簾」。陽平 - 陰平組合，如〈秋興八首〉8「城高」用較寬的 2 - 1̇ ，但 25「長安」用較窄的 5 - 1̇ ；又如〈揚州慢〉1「名都」。

節奏

1. 何叔惠各體吟誦調節奏分明，尤其平聲在近體及古體的表現截然不同，學習時須特別注意。
2. 近體詩吟誦調可分為兩類，第一類以〈秋興八首〉為代表。其一節奏最為整齊，為此類吟誦調的基本節奏，即仄起 X X X X X X X 0 ，第四字拖長，共四拍；平起 X X X X X X X 0（停頓可用延長代替），第二字拖長，共四拍半。第六字為平聲，在任何情況下均不延長。
3. 其二開始仄起句出現變體 X X X X 0 X X X 0 ，在四拍外多出四分三拍，如 9「夔府孤城」、13「畫省香爐」。* 其五以後出現更多切分音 (syncopation)，使節奏更為靈動，讀者可多加玩味。

4. 注意第二、四、七字平聲可拖得更長，如其五「波漂菰米」的「漂」、其八「仙侶同舟」的「舟」。此外如去聲字出現單字調腔型，該字自動延長，如 15「上」、18「坐」。
5. 第二類近體詩吟誦調在〈秋興八首〉其二的基礎上進一步變化，平聲拖得更長，且大量使用更長的平聲腔型。如〈楓橋夜泊〉中，每句均出現一次較長的平聲腔型，但注意每句只能使用一次，如 1 在「天」字處使用，第四字「啼」處不使用；2「楓」字處使用，末字「眠」不再使用。
6. 本書所選李商隱〈無題〉(相見時難別亦難)，在「二十世紀香港粵語吟誦典藏」網頁中標為「又一體」，其節奏介於上述兩類之間。網頁中另有無「又一體」字眼的吟誦錄音，為標準的第二類近體詩吟誦調，讀者可自行比較其差異。
7. 是次調查未見五言近體吟誦調，無法獲知其實際節奏，只能據七言推論。平起為 X X X X X 0 ，即七言仄起去掉首二字；仄起如據七言平起去掉首二字，成為 X X X X X 0 ，則句中並無停頓或延長，似不合近體詩吟誦慣例。如作 X X X X X 0 ，保留句中延長，則五言近體吟誦調第二字不論平仄均延長，無法顯示 ABA 系統的平仄對立。
8. 《詩經》吟誦調節奏為 X X X X 0 ，末字可延長。
9. 五古基本節奏為均拍 X X X X X 0 ，末字可延長。
10. 七古如〈琵琶行〉基本節奏為均拍 X X X X X X X 0 。第二及第四字不論平仄均可延長或停頓，延長時前字縮短，停頓時則與前字一同縮短，即 X X · 或 X X 0 。前者如〈琵琶行〉1「江頭」、5「醉不」，後者如 12「臥病」、32「司馬」。另如 *〈桃源行〉則在第二字平聲及第四字平聲處延長，前字不縮短。

11. 詞的吟誦調節奏多變，但基本仍在句末及平聲節奏點處延長或停頓。此外加入大量襯字，使節奏富於變化，如〈水調歌頭〉7「(啊) 高處 (都) 不勝寒 (哪)」、〈揚州慢〉7–8「(噢) 廢池喬木，(噢) 猶厭 (啊) 言兵」等。句首部分往往較急促，如〈水調歌頭〉16「月有」;〈揚州慢〉4「過」、6「自胡馬」。
12. 古文除末字停頓或延長外，基本為均拍，節奏點平聲字偶爾延長。〈陳情表〉節奏較為整齊，延長處不多。
13. 駢句「□□□○□□」(○為虛字，即句腰) 除末字停頓外，基本節奏為均拍。句腰有時較短，如〈滕王閣序〉26 、36 、46。句腰前不論平仄 (以平聲為多) 均可延長或停頓。

其他特徵

1. 吟誦《詩經》及《楚辭》使用叶音。
2. 中古精組及莊組 (照二) 支、脂、之韻 (舉平以賅上去) 開口三等韻讀為 -ẓ，如「辭」、「絲」、「司」、「私」、「子」、「紫」、「此」、「似」、「寺」、「事」、「自」。[66]
3. 大量使用襯字，如「啊」、「都」、「哪」、「囉」、「㗎」、「啦」、「個」、「哩」等。

66 但如〈秋興八首〉48「自」、58「紫」、〈水調歌頭〉17「此」仍讀 -i，可見 -ẓ 已有與 -i 合併的趨勢。另照三組不讀 -ẓ。

何幼惠訪談

何幼惠，1931 年生，本名家恆，順德水藤人。為何叔惠之六弟，香港著名書法家，別號「小楷王」。曾任永隆銀行文書，並為詩社「鴻社」成員、中國書協香港分會執行委員、香港來復會會長、大方書畫會會長、春暉藝苑社長等職。著有《何幼惠自書詞作品》、《何幼惠自書詩集》等。[1]

日期：二零一八年十月十四日

地點：油麻地好彩海鮮酒家

訪談人：嚴偉

整理者：劉浚樑

何叔惠學歷雖淺，讀過四年私塾，[2] 但相當聰明和記性好。他主要靠自己做工夫，勤於讀書，而且過目不忘。他生於亂世，在抗戰期間，又要在廣東、

---

1 可參閱鄒穎文編：《香港古典詩文集經眼錄》（香港：中華書局（香港）有限公司，2011 年），頁 58–59。

2 整理者案：何叔惠〈懷鄉詠〉第三十八首：「進修學塾憶師門，三載難忘煦育恩。琅琅書聲猶在耳，一堂群季幾人存。」自注：「兒時隨兩兄在進修學塾讀書三年，業師南海老伯淮，仲父蘭愷太史之壻也。同學均厚本堂昆季，外姓者二三人而已。」與何幼惠先生所說四年並不一致。

廣西到處求生活，十分艱難。他在順德鄉下讀私塾，跟隨我的堂姐夫老伯淮讀書，老伯淮是翰林公的女婿。[3] 何乃文也隨老伯淮讀書 —— 何乃文比我年輕兩年，上課時都已見過 —— 整個姓何的氏族都是如此，間中只有幾個外姓人就讀。

教室設在姓何的祠堂中。當時的教學沒有太多規矩，朝九晚四，十二時至一時休息吃飯。星期一至六的上課程序日日如是，星期日休息。大節如清明、端午、重陽、年節放假，最長的假期是年廿二、廿三至初七、初八，沒有暑假。

私塾分四班，甲、乙、丙、丁，甲班最高，丁班最低，根據入讀年份而逐年升班，四班各自按班次直行坐下。上課教授《四書》、古文、認字、珠算，所謂認字，即是「某，音某，某某也」。每天早上排隊背書，之後回座位寫字。下午認字，講授古文，講唐宋八大家之類。老伯淮先誦讀一次，然後解釋古文，不要求學生跟着誦讀。老伯淮教過韓愈〈祭鱷魚文〉之類，但他的讀法我已不記得了。教完古文便教《四書》，不求甚解，而且並不是在座位上學習，而是到走老師旁邊個別教學。例如教《孟子》，聰明的學生便教十行，駑鈍的學生便只教五行。老伯淮只朗誦原文，沒有講解。功課就是背書、認字，不用寫古文，亦不教寫八股，另外每天要交書法給老師批改。當老師在教甲班時，其他同學便自己做功課。

何叔惠誦讀文章的方法並非從他人習得，而是自己做工夫。以前沒有所謂腔調、朗誦，抑揚頓挫都隨自己的心情，應該抑就抑，揚就揚。我在中文大學朗讀了賀知章〈回鄉偶書〉，[4] 完全用順德話讀，高低快慢全按自己的情緒決定；但讀古文就不及讀詩動聽了。

3 整理者案：翰林公，即二伯父何國澧 (1859–1937)。

4 整理者案：指「露港秋唱：古典詩詞曲朗誦雅會 2018」，所讀作品當為〈自嘲〉二首，賀知章〈回鄉偶書〉屬口誤。

張繼〈楓橋夜泊〉

何叔惠吟　1974年
李梓成　記譜

岑參〈逢入京使〉

何叔惠吟　1974年
李梓成　記譜

杜甫〈秋興八首〉選段

何叔惠吟　1974年

李梓成　記譜

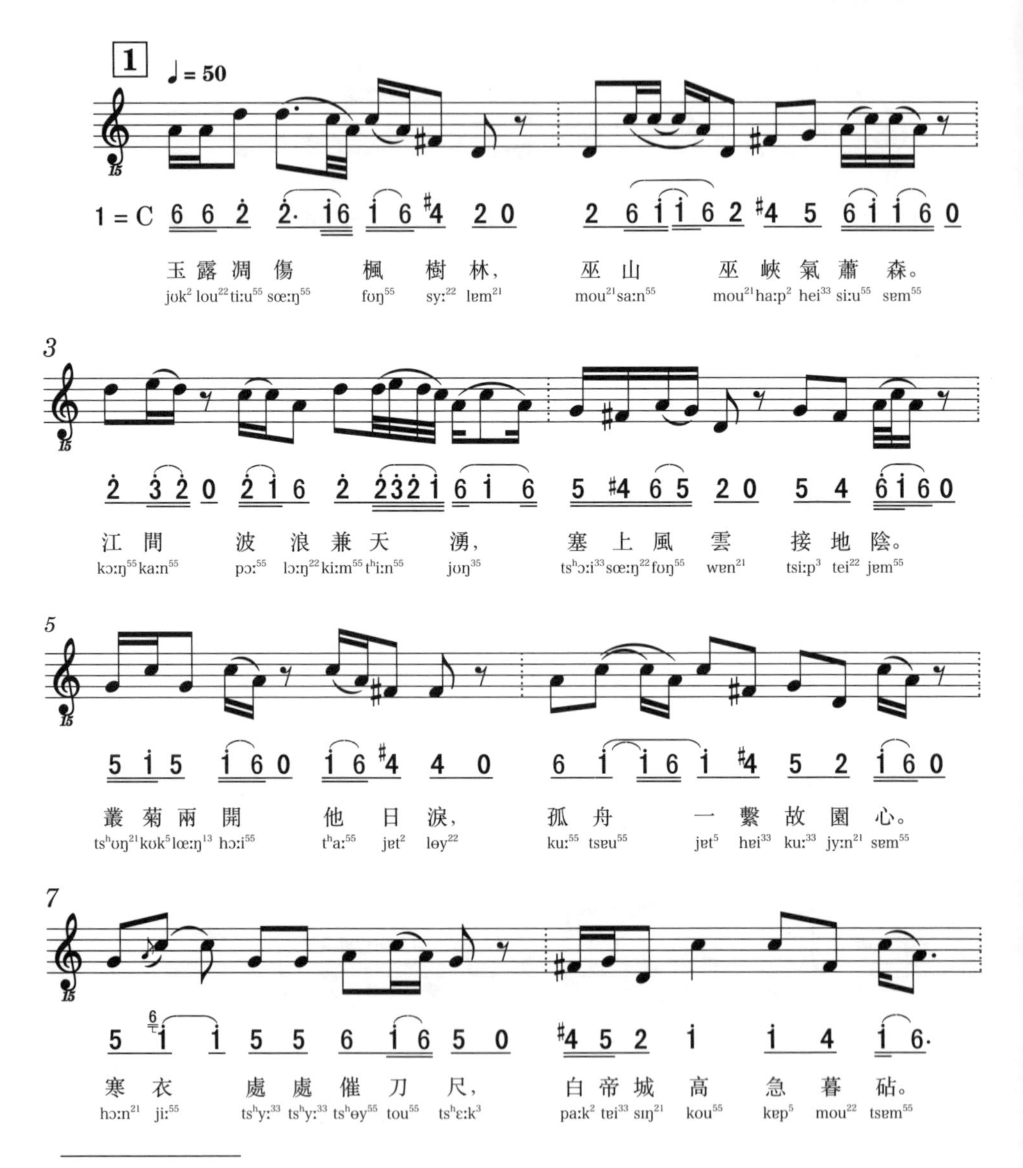

原吟誦其一至其四樂音略低，為便於學習，按其五至其八改為 C 調。另小節首之休止符移至前一小節末，以便考知句末停頓。

9 2
夔府孤城落日斜，每依南斗望京華。
kʰʷɐi21 fuː35 kuː55 sɪŋ21 lɔːk2 jɐt2 tsʰɛː21 muːi13 jiː55 naːm21 tɐu35 mɔːŋ22 kɪŋ55 waː21
11
聽猿實下三聲淚，奉使虛隨八月查。
tʰɪŋ33 jyːn21 sɐt2 haː22 saːm55 sɪŋ55 lɵy22 foŋ22 siː13 hɵy55 tsʰɵy21 paːt3 jyːt2 tsʰaː21
13
畫省香爐違伏枕，山城粉堞隱悲笳。
waː22 saːŋ35 hœːŋ55 lou21 wɐi21 fok2 tsɐm35 saːn55 sɪŋ21 fɐn35 tiːp3 jɐn35 pei55 kaː55
15
請看石上藤蘿月，已映洲前蘆荻花。
tsʰɪŋ35 hɔːn55 sɛːk2 sœːŋ22 tʰɐŋ21 lɔː21 jyːt2 jiː13 jœːŋ35 tsɐu55 tsʰiːn21 lou21 tɛːk3 faː55
17 3
千家山郭靜朝暉，日日江樓坐翠微。
tsʰiːn55 kaː55 saːn55 kʷɔːk3 tsɪŋ22 tsiːu55 fɐi55 jɐt2 jɐt2 kɔːŋ55 lɐu21 tsɔː22 tsʰɵy33 mei21

19
信 宿漁 人 還 汎 汎， 清 秋 燕 子 故(啊)飛 飛。
21
匡 衡 抗 疏 功 名 薄， 劉 向 傳 經 (唔)心 事 違。
23
同 學 少 年 多 不 賤， 五 陵 裘 馬 自 輕 肥。
25
4
聞 道 長 安 似 (啊) 弈 棋， 百 年 世 事 (啊) 不 勝 悲。
27
王 侯 第 宅 皆 新 主， 文 武 衣 冠 異 (啊) 昔 時。

29
直北關山 金 鼓 振， 征 西 車 馬 羽 書 遲。
tsɪk2 pɐk5 kʷaːn55 saːn55 kɐm55 kuː35 tsɐn33 tsɪŋ55 sɐi55 kɵy55 maː13 jyː13 syː55 tsʰiː21
31
魚 龍 寂 寞 (啊) 秋 江 冷， 故 國 平 居 有 所 思。[......]
jyː21 lʊŋ21 tsɪk2 mɔːk2 aː33 tsʰɐu55 kɔːŋ55 laːŋ13 kuː33 kʷɔːk3 pʰɪŋ21 kɵy55 jɐu13 sɔː35 sz̩55

李商隱〈無題〉（相見時難別亦難）

何叔惠吟　年份不詳

李梓成　記譜

曉 鏡 但 愁 雲 鬢 改 (囉),(都)
hiːu35 kɛːŋ33 taːn22 sɐu21 wɐn21 pɐn33 kɔːi35 lɔː55 tou55
夜 吟 應 覺 (都) 月 (哪) 光 寒。
jɛː22 jɐm21 jɪŋ55 kɔːk3 tou55 jyːt2 naː33 kʷɔːŋ55 hɔːn21
蓬 萊 此 去 (都) 無 多 路,
pʰʊŋ21 lɔːi21 tsʰiː35 hɵy33 tou55 mou21 tɔː55 lou22
青 鳥 殷 勤 為 (㗎) 探 看。
tsʰɪŋ55 niːu13 jɐn55 kʰɐn21 wɐi22 kaː33 taːm33 hɔːn55

李商隱〈無題〉（颯颯東風細雨來）

何叔惠吟　2003年
李梓成　記譜

賈 氏 窺 簾 （唔）韓 掾 少，
ka:35 si:22 kʷɐi55 li:m21 ŋ21 hɔ:n21 jy:n22 si:u33
宓 妃 留 枕（啊）魏 王 才。
fʊk2 fei55 lɐu21 tsɐm35 a:55 ŋɐi22 wɔ:ŋ21 tsʰɔ:i21
春 心 莫 共 （嚟）花 爭 發，
tsʰøn55 sɐm55 mɔ:k2 kʊŋ22 ka:33 fa:55 tsɐŋ55 fa:t3
一 寸 （哪）傷 心 一 （啊）寸 灰。
jɐt5 tsʰy:n33 na:33 sœ:ŋ55 sɐm55 jɐt5 a:55 tsʰy:n33 fu:i55

《詩經·周南·關雎》

何叔惠吟　年份不詳
任博彥　記譜

10
2 6 6 6 0 6 6 #1̇ 1̇
求之不得，寤寐思服。
kʰɐu21 tsiː55 pɐt5 tɪk5 ŋ̩22 mei22 siː55 pɪk5
12
6 1̇ 1 6 1̇ 1̇ 1̇ 1̇ 0
悠哉悠哉，輾轉反側。
jɐu21 tsɔːi55 jɐu21 tsɔːi55 tsiːn35 tsyːn35 faːn35 tsɪk5
14
1̇ 1̇ #4 5 6 #4 6 6 0
參差荇菜，左右采之。
tsʰaːm55 tsʰz̩55 hɐŋ22 tsʰɔːi33 tsɔː35 jɐu22 tsʰɔːi35 tsiː55
16
5 5 #4 5 0 2 6 5 6 0
窈窕淑女，琴瑟友之。
miːu13 tʰiːu13 sʊk2 nøy13 kʰɐm21 sɐt5 jɐu13 tsiː55
18
6 6 #4 5 0 6 #4 4 6
參差荇菜，左右芼之。
tsʰaːm55 tsʰz̩55 hɐŋ22 tsʰɔːi33 tsɔː35 jɐu22 mou22 tsiː55

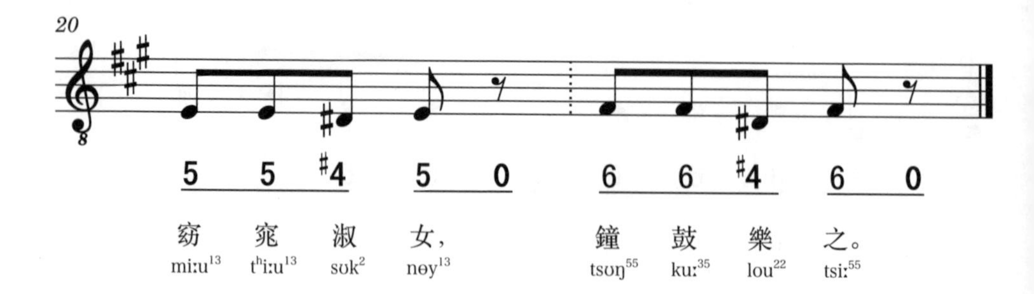
20
5 5 #4 5 0
6 6 #4 6 0
窈 窕 淑 女，
miːu13 tʰiːu13 sʊk2 nɵy13
鐘 鼓 樂 之。
tsʊŋ55 kuː35 lou22 tsiː55

《詩經·周南·桃夭》

何叔惠吟　年份不詳
任博彥　記譜

本譯譜與《詩經・周南・關雎》用同一 QR 碼，1:22 開始為本譯譜錄音材料。

9
5 i i i 6 2 #4 6 6
桃 之 夭 夭， 其 葉 蓁 蓁。
tʰou21 tsiː55 jiːu55 jiːu55 kʰei21 jiːp2 tsɵn55 tsɵn55
11
i i 2 6 #4 2 2 6 4 2
之 子 于 歸， 宜 其 家 人。
tsiː55 tsiː35 jyː21 kʷɐi55 jiː21 kʰei21 kaː55 jɐn21

〈古詩十九首·行行重行行〉

何叔惠吟　2003年
任博彥　記譜

10
相 去 日 已 遠，
sœːŋ55 hɵy35 jɐt2 jiː13 jyːn13
衣 帶 日 已 緩（呢）。
jiː55 taːi33 jɐt2 jiː13 wuːn22 nɛː55
13
浮 雲 蔽 白 日，
fɐu21 wɐn21 pɐi33 paːt2 jɐt2
遊 子 不 顧 返。
jɐu21 tsiː35 pɐt5 kuː33 faːn35
15
思 君 令 人 老，
siː55 kwɐn55 lɪŋ22 jɐn21 lou13
歲 月 忽 已 晚。
sɵy33 jyːt2 fɐt5 jiː13 maːn13
17
棄 捐（呢）勿 復 道，
hei33 kyːn55 nɛː55 mɐt2 fɐu22 tou22
努 力 加 餐 飯（哪）。
nou13 lɪk2 kaː55 tshaːn55 faːn22 naː33

白居易〈琵琶行〉選段

何叔惠吟　1974年
李梓成　記譜

9
尋聲暗問彈者誰，
琵琶聲停欲語遲。[......]
11
我從去年辭帝京，
謫居（都）臥病潯陽城。
13
潯陽（㗎）地僻（啊）無音樂（㗎），（都）
終歲不聞絲竹聲。
15
住近湓城地低溼，
黃蘆苦竹繞宅生。
17
其間日暮聞何物（啊），（都）
杜鵑啼血（唔）猿哀鳴。

19
春江花朝 秋 月 夜，
往往取酒 還自 傾。
21
豈無 山歌(哩)與 村 笛，(ɛː33)
嘔啞 嘲哳 難 為 聽。
23
今 夜 聞 君 琵 琶 語，
如 聽 仙 樂(哩)耳 暫 明。
25
莫辭更坐 彈一曲，
為君 翻 作(啊)琵 琶 行。
27
感 我 此 言 良 久 立，
卻坐促弦 弦 轉 急。

29
凄 凄 不似（我）向 前 聲，
滿 座（個）重 聞 皆 掩 泣（啊）。
31
座 中 泣 下 誰 最 多，
江 州 司 馬 青 衫 濕。

蘇軾〈水調歌頭〉

何叔惠吟　1974年
李梓成　記譜

7
(啊)高處(都)不勝寒(哪)。起舞弄清影，
a:55 kou55 tshy:33 tou55 pɐt5 sɪŋ55 hɔ:n21 na:21 hei35 mou13 nʊŋ22 tshɪŋ55 jɪŋ35
9
何似(啊)在人間。轉朱閣，低綺戶，(都)
hɔ:21 tshz̩13 a:55 tsɔ:i22 jɐn21 ka:n55 tsy:n35 tsy:55 kɔ:k3 tɐi55 ji:35 wu:22 tou55
12
照(啊)無眠。不應有恨，
tsi:u33 a:55 mou21 min21 pɐt55 jɪŋ55 jɐu13 hɐn22
14
何事偏向(啊)別時圓。人有悲歡離合，
hɔ:21 si:22 phi:n55 hœ:ŋ33 a:55 pi:t2 si:21 jy:n21 jɐn21 jɐu13 pei55 fu:n55 lei21 hɐp2
16
月有陰晴圓缺，(唔)此事古難全。
jy:t2 jɐu13 jɐm55 tshɪŋ21 jy:n21 khy:t3 m̩21 tshi:35 si:22 ku:35 na:n21 tshy:n21

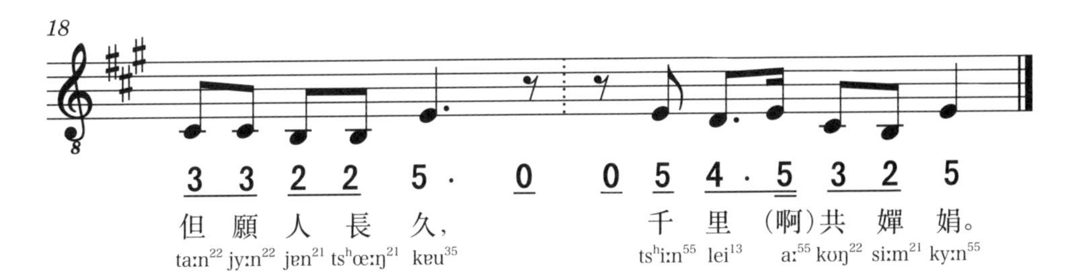
18
3 3 2 2 5 · 0 0 5 4 · 5 3 2 5
但 願 人 長 久， 千 里 （啊）共 嬋 娟。
ta:n22 jy:n22 jɐn21 tsʰœ:ŋ21 kɐu35 tsʰi:n55 lei13 a:55 koŋ22 si:m21 ky:n55

姜夔〈揚州慢〉

何叔惠吟　1974年
李梓成　記譜

（噢）廢池 喬木，（噢）猶厭（啊）言兵。
ou55 fɐi33 tsʰiː21 kʰiːu21 mʊk2 ou55 jɐu21 jiːm33 aː33 jiːn21 pɪŋ55
漸（啊）黃昏，清角（嘅）吹寒（哪）
tsiːm22 aː55 wɔːŋ21 fɐn55 tsʰɪŋ55 kɔːk3 kɛː33 tsʰɵy55 hɔːn21 naː21
都在（喫）空城。杜郎 俊賞，
tou55 tsɔːi22 kaː33 hʊŋ55 sɪŋ21 tou22 lɔːŋ21 tsɵn33 sœːŋ35
算而今、（啊）重到（喫）須驚。
syːn33 jiː21 kɐm55 aː55 tsʰʊŋ21 tou33 kaː33 sɵy55 kɪŋ55
縱豆蔻（啊）詞工，青樓 夢好，
tsʊŋ33 tɐu22 kʰɐu33 aː55 tsʰiː21 kʊŋ55 tsʰɪŋ55 lɐu21 mʊŋ22 hou35

難 賦 (啊) 深 情。
na:n21 fu:33 a:55 sɐm55 tshɪŋ21
二 十 四 橋 仍 在 (啊),
ji:22 sɐp2 sei33 khi:u21 jɪŋ21 tsɔ:i22 a:33
波 心 蕩,
pɔ:55 sɐm55 tɔ:ŋ22
(哦) 冷 月 (ɛ:55) 無 聲。
ɔ:55 la:ŋ13 jy:t2 ɛ:55 mou21 sɪŋ55
念 橋 邊 紅 藥,
ni:m22 khi:u21 pi:n55 hʊŋ21 jœ:k2
(啊) 年 年 知 爲 誰 生。
a:55 ni:n21 ni:n21 tsi:55 wɐi22 sɵy21 sɐŋ55

李密〈陳情表〉選段

何叔惠吟　1974年
李梓成　記譜

9
躬 親 撫 養。 臣 少 多 疾 病，
kʊŋ55 tsʰɐn55 fuː35 jœːŋ13 sɐn21 siːu33 tɔː55 tsɐt2 pɪŋ22
11
九 歲 不 行。 零 丁 孤 苦， 至 於 成 立。
kɐu35 sɵy33 pɐt5 hɐŋ21 lɪŋ21 tɪŋ55 kuː55 fuː35 tsiː33 jyː55 sɪŋ21 laːp2
14
既 無 叔 伯， 終 鮮 兄 弟。
kei33 mou21 sʊk5 paːk3 tsʊŋ55 siːn35 hɪŋ55 tɐi22
16
門 衰 祚 薄， 晚 有 兒 息。
muːn21 sɵy55 tsou22 pɔːk2 maːn13 jɐu13 jiː21 sɪk5
18
外 無 朞 功 強 近 之 親，
ŋɔːi22 mou21 kei55 kʊŋ55 kʰœːŋ13 kɐn22 tsiː55 tsʰɐn55

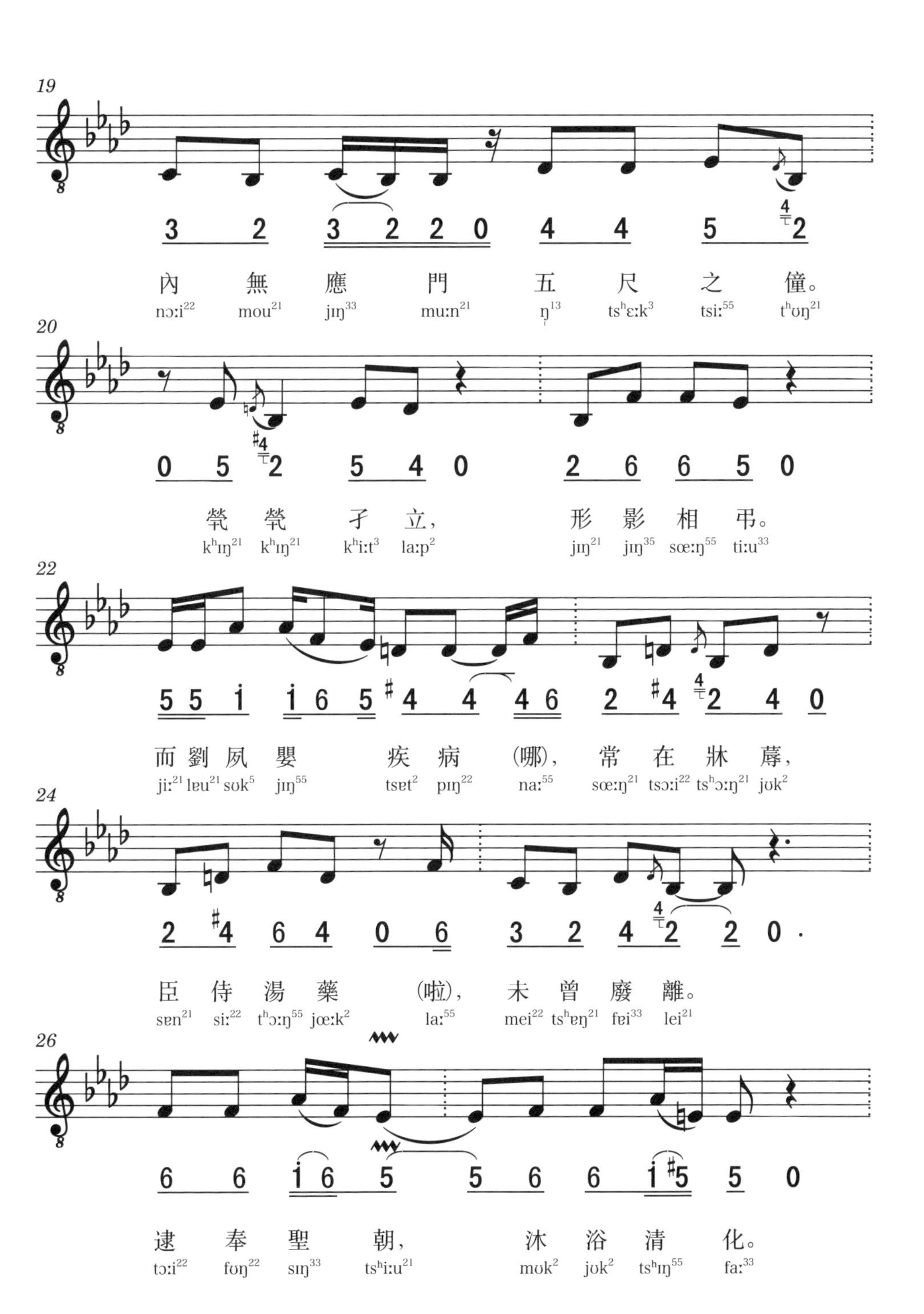
內 無 應 門 五 尺 之 僮。
nɔːi22 mou21 jɪŋ33 muːn21 ŋ13 tsʰɛːk3 tsiː55 tʰʊŋ21
煢 煢 孑 立， 形 影 相 弔。
kʰɪŋ21 kʰɪŋ21 kʰiːt3 laːp2 jɪŋ21 jɪŋ35 sœːŋ55 tiːu33
而劉夙嬰 疾 病 (哪)， 常 在 牀 蓐，
jiː21 lɐu21 sʊk5 jɪŋ55 tsɐt2 pɪŋ22 naː55 sœːŋ21 tsɔːi22 tsʰɔːŋ21 jʊk2
臣 侍 湯 藥 (啦)， 未 曾 廢 離。
sɐn21 siː22 tʰɔːŋ55 jœːk2 laː55 mei22 tsʰɐŋ21 fɐi33 lei21
逮 奉 聖 朝， 沐 浴 清 化。
tɔːi22 fʊŋ22 sɪŋ33 tsʰiːu21 mʊk2 jʊk2 tsʰɪŋ55 faː33

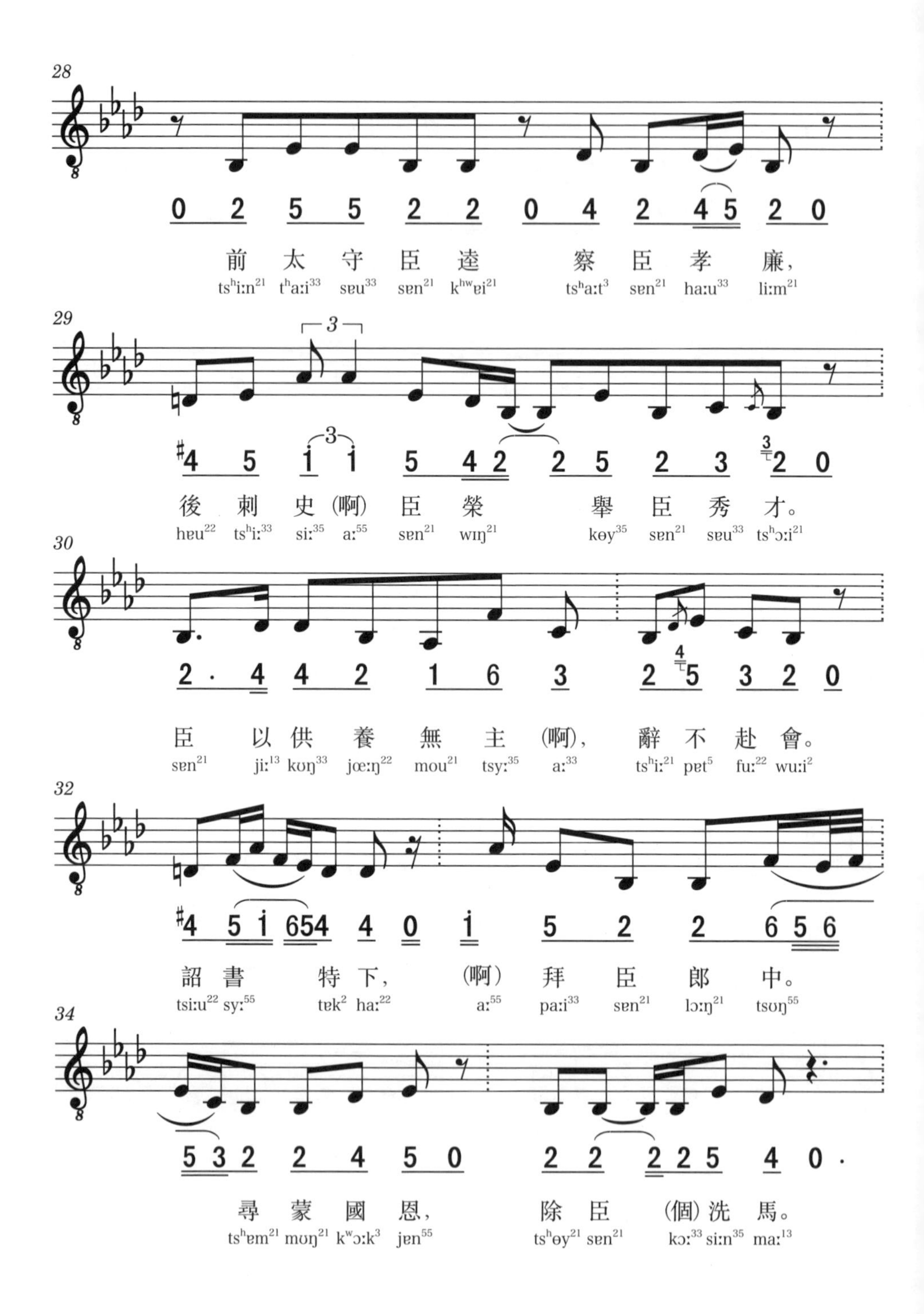
28
前 太 守 臣 逵 察 臣 孝 廉，
tsʰiːn21 tʰaːi33 sɐu33 sɐn21 kʰʷɐi21 tsʰaːt3 sɐn21 haːu33 liːm21
29
後 刺 史 (啊) 臣 榮 舉 臣 秀 才。
hɐu22 tsʰiː33 siː35 aː55 sɐn21 wɪŋ21 kɵy35 sɐn21 sɐu33 tsʰɔːi21
30
臣 以 供 養 無 主 (啊)， 辭 不 赴 會。
sɐn21 jiː13 kʊŋ33 jœːŋ22 mou21 tsyː35 aː33 tsʰiː21 pɐt5 fuː22 wuːi2
32
詔 書 特 下， (啊) 拜 臣 郎 中。
tsiːu22 syː55 tɐk2 haː22 aː55 paːi33 sɐn21 lɔːŋ21 tsʊŋ55
34
尋 蒙 國 恩， 除 臣 (個) 洗 馬。
tsʰɐm21 mʊŋ21 kʷɔːk3 jɐn55 tsʰɵy21 sɐn21 kɔː33 siːn35 maː13

猥 以 微 賤，（啊）當 侍（啊）東 宮，
wei35 ji:13 mei21 tsi:n22 a:33 tɔ:ŋ55 si:22 a:33 tʊŋ55 kʊŋ55
非 臣 隕 首（啦）所 能 上 報。
fei55 sɐn21 wɐn13 sɐu35 la:55 sɔ:35 nɐŋ21 sœ:ŋ22 pou33
臣 具 以 表 聞，辭 不 就 職。
sɐn21 køy22 ji:13 pi:u35 mɐn21 tsʰz21 pɐt5 tsɐu22 tsɪk5
詔 書（呢）切 峻（哪），責 臣 逋 慢。
tsi:u22 sy:55 nɛ:33 tsʰi:t3 tsøn33 na:22 tsa:k3 sɐn21 pou55 ma:n22
郡 縣 逼 迫，催 臣 上 道。
kʷɐn22 jy:n22 pɪk5 pa:k5 tsʰøy55 sɐn21 sœ:ŋ13 tou22

45
(啦)州 司 臨 門，(哪)急 於 星 火。
la:33 tseu55 sz55 lem21 mu:n21 na:21 kep5 jy:55 sɪŋ55 fɔ:35
47
臣欲奉詔奔馳，則以(啦)劉病日篤；
sen21 jʊk2 fʊŋ22 tsi:u22 pen55 tshi:21 tsek5 ji:13 la:55 leu21 pɪŋ22 jet2 tʊk5
49
欲苟順私情，則告訴不許。
jʊk2 keu35 sən22 sz55 tshɪŋ21 tsek5 kou33 sou33 pet5 həy35
51
臣之進退，實為狼狽。[......]
sen21 tsi:55 tsən33 thəy33 set2 wei21 lɔ:ŋ21 pu:i33

王勃〈滕王閣序〉選段

何叔惠吟　年份不詳
李梓成　記譜

原吟誦 1–8 小節，譯譜時統一改為 A 調。

人傑(啊)地靈，徐穉下陳蕃之榻(啊)。
雄州霧列，俊采星馳。
臺隍枕夷夏之交，賓主盡東南之美。
都督閻公之雅望(啊)，棨戟(啊)遙臨；
宇文新州之懿範，襜帷暫駐。

19
(呢)十 旬 休 暇， 勝 友 (啊)如 雲；
nɛː55 sɐp2 tsʰɵn21 jɐu55 haː22 sɪŋ33 jɐu13 aː55 jyː21 wɐn21
21
千 里 逢 迎， 高 朋 (啊)滿 座。
tsʰiːn55 lei13 fʊŋ21 jɪŋ21 kou55 pʰɐŋ21 aː55 muːn13 tsɔː22
23
騰 蛟 起 鳳，(都) 孟 學 士 之 詞 宗；
tʰɐŋ21 kau55 hei35 fʊŋ22 tou55 maːŋ22 hɔːk2 siː22 tsiː55 tsʰiː21 tsʊŋ55
25
紫 電 (哪)青 霜， 王 將 軍 之 武 庫。
tsz35 tiːn22 naː33 tsʰɪŋ55 sœːŋ55 wɔːŋ21 tsœːŋ55 kʷɐn55 tsiː55 mou13 fuː33
27
家 君 作 宰 (啊)， 路 出 名 區；
kaː55 kʷɐn55 tsɔːk3 tsɔːi35 aː55 lou22 tsʰɵt5 mɪŋ21 kʰɵy55

29
童子何知，躬逢盛餞。
31
時維九月，序屬三秋。
33
潦水盡而寒潭清，煙光凝而暮山紫(啊)。
35
儼驂騑於上路，訪風景於崇阿。
37
臨帝子之長洲，得仙人之舊館。

39
層 巒 聳 翠，(都) 上 出 重 霄；
tsʰɐŋ21 ly:n21 sʊŋ35 tsʰɵy33 tou55 sœ:ŋ22 tsʰɵt5 tsʰʊŋ21 si:u55
41
飛 閣 流 丹， 下 臨 無 地 (啊)。
fei55 kɔ:k3 lɐu21 ta:n55 ha:22 lɐm21 mou21 tei22 a:33
43
鶴 汀 鳧 渚， 窮 島 嶼 之 縈 迴；
hɔ:k3 tɪŋ55 fu:21 tsy:35 kʰʊŋ21 tou35 tsɵy22 tsi:55 jɪŋ21 wu:i21
45
桂 殿 蘭 宮， 列 岡 巒 之 體 勢。[......]
kʷɐi33 ti:n22 la:n21 kʊŋ55 li:t2 kɔ:ŋ55 ly:n21 tsi:55 tʰɐi35 sɐi33

陳湛銓吟誦調

陳湛銓 (1916–1986)，字貞固，少號青萍，後號霸齋、修竹園主人，廣東新會人。少從陳郁裴（字景度）受經學，其後入讀國立中山大學，師從李笠 (1894–1962)、詹安泰 (1902–1967) 等，畢業後於中山大學、貴州大夏大學、上海大夏大學、珠海大學等校任教。國共內戰後隨校來港（即今珠海學院），1956 年成為聯合書院中文系首任系主任。1961 年與梁簡能 (1907–1991)、馮康侯 (1901–1983) 等創辦經緯書院，書院結束後先後於浸會書院（今浸會大學）、嶺南書院（今嶺南大學）任教，1979 年因病辭退教席。其間自 1950 年起應李景康 (1890–1960) 邀請，學海書樓講學不輟，至 1984 年因病輟講。性惡偽學，以為唯霸儒足以興絕學，故自稱霸儒。著有《周易乾坤文言講疏》、《周易餘卦講義》、《修竹園近詩》、《修竹園近詩二集》等，另門人及家人編集《香港學海書樓陳湛銓先生講學集》、《周易講疏》、《蘇東坡編年詩選講疏》、《元遺山論詩絶句講疏》、《歷代文選講疏》、《修竹園近詩三集》、《修竹園詩前集》。[1] 作詩逾三萬首，早期詩風受李商隱、嶺南近三家

1　生平可參閱〈陳湛銓教授事略〉，「陳湛銓教授追思大會」場刊，1987 年 5 月 3 日；又載陳湛銓著，鄧又同編：《香港學海書樓陳湛銓先生講學集》（香港：學海書樓，1989 年），無頁碼。有關陳湛銓生平考證，可參謝向榮：〈陳湛銓先生及其著作綜述〉，《中國文哲研究通訊》第 27 卷第 3 期 (2017 年)，頁 61–100。

詩風影響，[2] 晚年詩風接近蘇軾、黃庭堅、元好問。香港中文大學聯合書院校歌歌詞即由陳湛銓所撰。

本書所收錄之黃兆顯、常宗豪、陳潔淮等吟誦調，均為參考陳湛銓吟誦調而有所變化者；此外「露港秋唱」活動中潘少孟之吟誦調，亦明顯師承陳湛銓。本書收錄吟誦錄音均為香港中文大學圖書館所藏，其來源為：

1. 陳湛銓後人捐贈之「陳湛銓錄音帶及數碼光碟」，原為 1979 至 1984 年講學錄音；
2. 莫羅妙馨女士捐贈，原為 1972 至 1983 年之學海書樓講學錄音。

部分錄音音質較差，難以記譜，本書僅節選其中十首，並歸納其詞樂關係如下：

音高

1. 陳湛銓各體吟誦調所用樂音較為統一，即 3̣ 5̣ 6̣ 7̣ 1 ♯1 2 3（7 僅見於〈贈陳師道〉），樂音與調尾值之關係如下：[3]

調尾值	樂音
5	1 2 3
3	1 2
2	7̣ 1 ♯1
1	3̣ 5̣ 6̣

2 參閱程中山：〈陳湛銓少作《修竹園詩近稿》風格承傳之研究〉，《文學論衡》第 18、19 期 (2011 年)，頁 41–58。

3 蘇軾〈答李端叔書〉吟誦中有少數句子配以低音層樂音，為採集之吟誦作品中所僅見。

2. 此吟誦調用音有進一步向 1 靠攏的傾向，在〈文賦〉及〈送董邵南遊河北序〉中尤其如此，導致調尾值 5 及 2 聽起來有時像調尾值 3：

	心	遊	萬	仞	風	流	人	物
樂音	2 1	6̣ 1	1	1	2	6̣	6̣ 1	1
調尾值			2	2				2

〈文賦〉28　〈次韻宋楙宗〉12

	黃	鶯	兒	屠	狗	者	乎
樂音	6̣	1	6̣	6̣ 2	1	1	6̣
調尾值		5			5	5	

〈春怨〉1　〈送董邵南遊河北序〉21

「萬仞」和「物」如配略低的 7̣ ，完全可與陽去調對應；「鶯」和「狗者」如配較高的 2 或 3 ，也完全可表現陰平或陰上調。但此處所配樂音卻配 1 ，導致「萬仞」聽起來像陰去調，較原聲調為高；「鶯」和「狗者」也像陰去調，較原聲調為低。

這種現象也導致較近的調尾值容易相混，如調尾值 5 和 3：

	情	志	於	典	墳	可	以	出	而	仕
樂音	6̣ 1	1	2	1	6̣	1	1	2	6̣	1
調尾值		3		5		5	3			

〈文賦〉2　〈送董邵南遊河北序〉24

	能	與	不	能	居	人	匹	馬
樂音	6̣	1	1	6̣	2 1	6̣ 1	1	1
調尾值		3	5				5	3

〈贈陳師道〉23　　　　〈踏莎行〉4

調尾值 3 與 2 相混的例子如：

	十	九	年	負	兩	河
樂音	1	1	6̣	1	1	1 6̣
調尾值	2	3		2	3	

〈次韻宋楙宗〉9　　　　〈贈陳師道〉7

	萬	物	而	思	紛	長	亭	別	宴
樂音	1	1	6̣ 1	1	2	3̣	6̣ 2	1	1
調尾值	2	2		3				2	3

〈文賦〉6　　　　〈踏莎行〉2

七古〈贈陳師道〉若干調尾值相混出現於高音：

	10	方	歸	去	13	動	花	鳥
樂音		3	3	3		1	3	3
調尾值		5	5	3			5	3

3. 陳湛銓吟誦調中並沒有調尾 2 和 1 合併的情況，與常宗豪吟誦調形成鮮明對比。

腔型

1. 陰平可用 2 1 、 3 2 、 2 1 2 或 3 2 3 腔型，後兩種多用於韻腳，為本吟誦調的主要特色之一：[4]

	君	南	海	歎	逝
樂音	2 1	6̣ 1	2	3 2	1
聲調	陰平			陰平	

〈寄黃幾復〉1　　〈文賦〉4

	曉	雲	輕	三	折	肱
樂音	1	6̣ 1	2 1 2	3	2	3 2 3
聲調			陰平			陰平

〈玉樓春〉5　　〈寄黃幾復〉6

2. 陽平可用 6̣ 1 、 6̣ 2 或 6̣ 3 腔型：

	傍	訊	移	易
樂音	6̣ 1	1	6̣ 2	1
聲調	陽平		陽平	

〈文賦〉26　　〈送董邵南遊河北序〉12

	長	亭	別	宴	迎	客	棹
樂音	3̣	6̣ 2	1	1	6̣ 3	2	1
聲調		陽平			陽平		

〈踏莎行〉2　　〈玉樓春〉3

4　部分陰上及陰入調字因調尾值相同，亦使用此腔型，如〈次韻宋楙宗三月十四日到西池都人盛觀翰林公出遊〉6「倒」、〈送董邵南遊河北序〉10「者」；〈哀郢〉24「釋」。

3. 去聲偶用 #1 2 、 2 #1 2 腔型，如〈韓子〉2「道」、〈送董邵南遊河北序〉10「趙」、〈次韻宋楙宗〉8「歲」。

4. 陽平相連，前字可配 3̣，後字可配 6̣，如〈文賦〉31「曈曨」；〈踏莎行〉5「行人」、8「斜陽」。

5. 除上述 2 1 2 、 3 2 3 外，律詩句末 1 2 1 6̣ 、詞句末 6̣ 1 2 1 1 亦為較富特色之旋律，學習時可特別注意。

節奏

1. 絕句吟誦旋律相對簡單，較少拖腔。

2. 句末不拘體裁，一律延長或停頓。七言第四字無論平仄均延長或停頓，第二、六字為平聲則延長或停頓，第五字偶爾延長。五言則只有第四字為平聲時方延長。

3. 七古節奏較急，略去部分句中延長或停頓。

4. 文、賦及詞之吟誦，句與句之間停頓較長。

5. 〈文賦〉「□□□○□□」句式（□為虛字，即句腰），其基本節奏為 x x x x x x x 0 。第一字為平聲時可延長，如 2「頤」、6「瞻」；第四字虛字偶爾延長，如 6「而」、11「以」。〈哀郢〉「□□□○□□兮」句式，基本節奏為 x x x x x x x x ，延長處同上。

其他特徵

1. 襯字較多，如「呢個」、「嘅」、「都」、「哪」、「啊」、「佢」等。

2. 「出」讀為 $ts^hy:t^5$ 。

金昌緒〈春怨〉

陳湛銓吟　1981年
李梓成　記譜

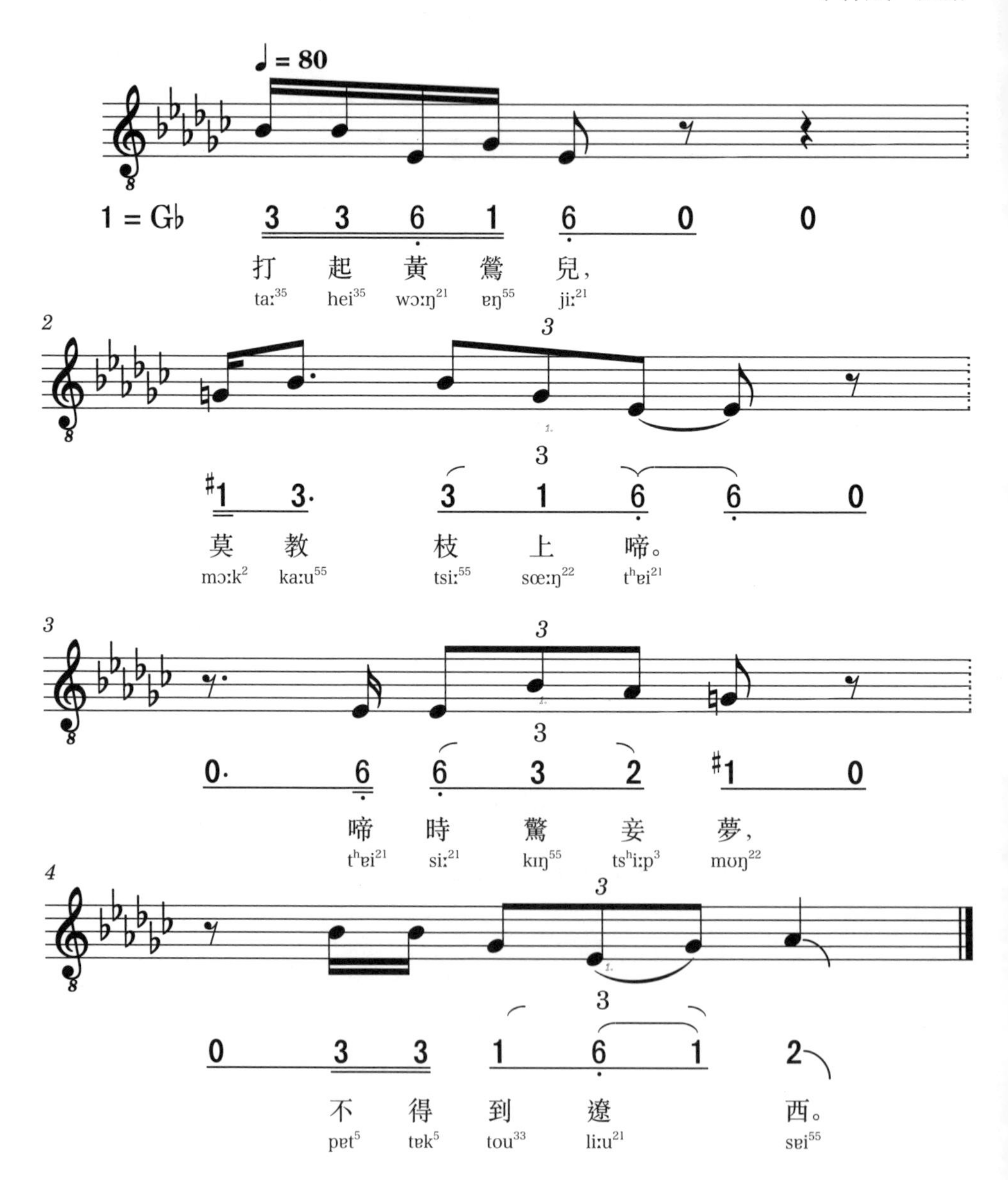

王安石〈韓子〉

陳湛銓吟　1977年
李梓成　記譜

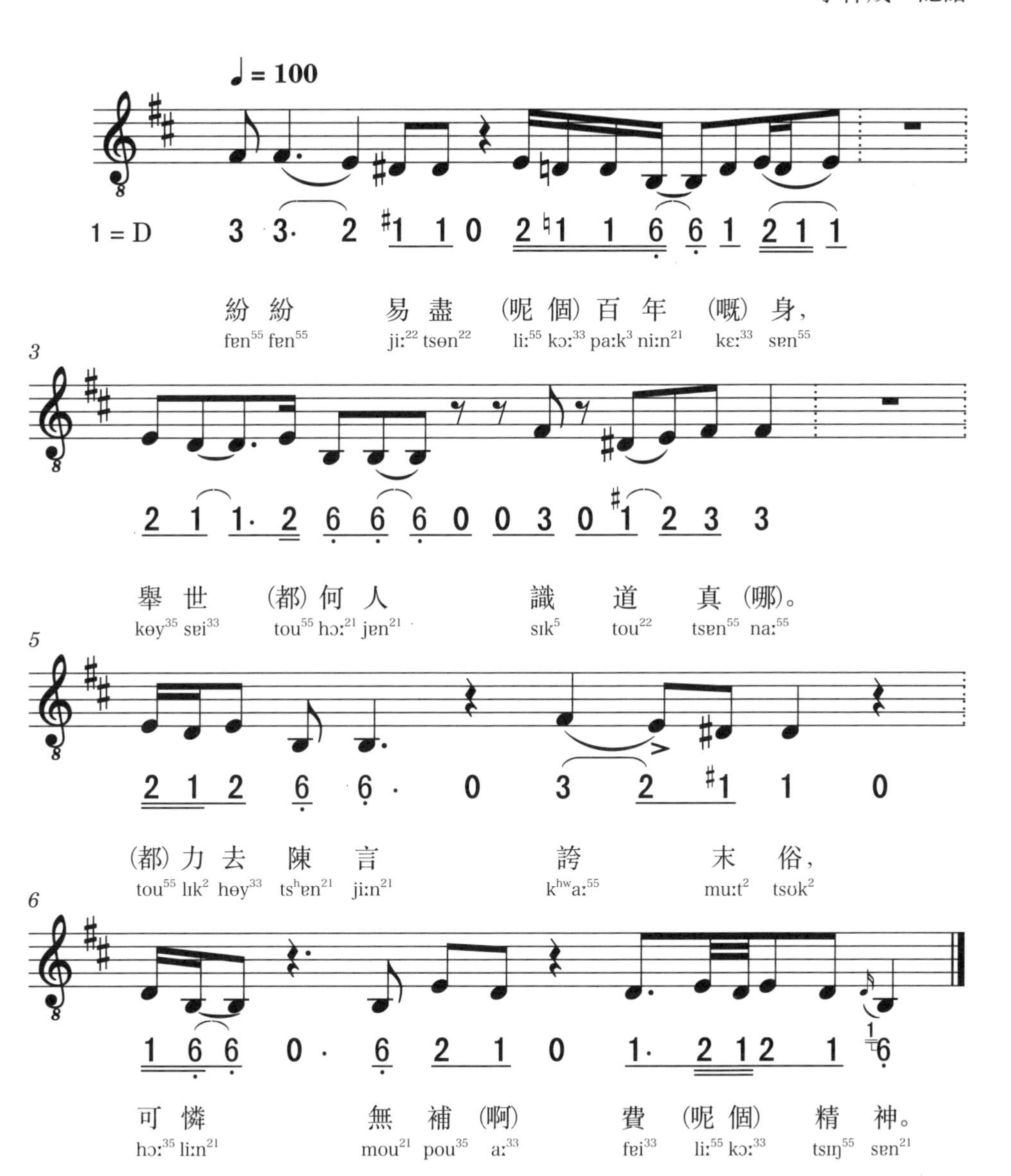

黃庭堅〈寄黃幾復〉

陳湛銓吟　1977年
李梓成　記譜

5
持 家 但 有 四 立 壁，
tsʰiː21 kaː55 taːn22 jɐu13 sei33 laːp2 pɪk5
6
治 病 不 蘄 三 折 肱。
tsiː22 pɪŋ22 pɐt5 kʰei21 saːm55 tsiːt3 kʷɐŋ55
7
想 得 讀 書 頭 已 白，
sœːŋ35 tɐk5 tʊk2 syː55 tʰɐu21 jiː13 paːk2
8
隔 溪 猿 哭 瘴 溪 (嘅) 藤。
kaːk3 kʰɐi55 jyːn21 hʊk5 tsœːŋ33 kʰɐi55 kɛː33 tʰɐŋ21

黃庭堅〈次韻宋楙宗三月十四日到西池都人盛觀翰林公出遊〉

陳湛銓吟　1981年
李梓成　記譜

人間 化鶴 三 千 歲,
jɐn21 kaːn55 faː33 hɔːk2 saːm55 tsʰiːn55 sɵy33
海 上 看 羊 十 九 年。
hɔːi35 sœːŋ22 hɔːn55 jœːŋ21 sɐp2 kɐu35 niːn21
還 作 (呢 個) 遨 頭 驚 俗 眼,
waːn21 tsɔːk3 liː55 kɔː33 ŋou21 tʰɐu21 kɪŋ55 tsʊk2 ŋaːn13
ritard. 漸慢
風 流 (嘅)人 物 屬 蘇 仙。
fʊŋ55 lɐu21 kɛː33 jɐn21 mɐt2 sʊk2 sou55 siːn55

黃庭堅〈贈陳師道〉

陳湛銓吟　1977年
李梓成　記譜

秋水黏天不自多。
tsʰɐu55 søy35 ni:m21 tʰi:n55 pɐt5 tsi:22 tɔ:55
春風吹園動花鳥，
tsʰɵn55 fʊŋ55 tsʰɵy55 jy:n21 tʊŋ22 fa:55 ni:u13
霜月入戶寒皎皎。
sœ:ŋ55 jy:t2 jɐp2 wu:22 hɔ:n21 ka:u35 ka:u35
十度欲言九度休，
sɐp2 tou22 jɔ:k2 ji:n21 kɐu35 tou22 jɐu55
萬人叢中一人曉。
ma:n22 jɐn21 tsʰʊŋ21 tsʊŋ55 jɐt5 jɐn21 hi:u35
貧無置錐人所憐，
pʰɐn21 mou21 tsi:33 jɵy55 jɐn21 sɔ:35 li:n21
窮到無錐不屬天。
kʰʊŋ21 tou33 mou21 jɵy55 pɐt5 sʊk2 tʰi:n55
呻吟成聲可管絃，
sɐn55 jɐm21 sɪŋ21 sɪŋ55 hɔ:35 kʷu:n35 ji:n21
能與不能安足言。
nɐŋ21 jy:13 pɐt5 nɐŋ21 ɔ:n55 tsʊk5 ji:n21

〈陽關三疊〉（王維〈送元二使安西〉）

陳湛銓吟　1972年
李梓成　記譜

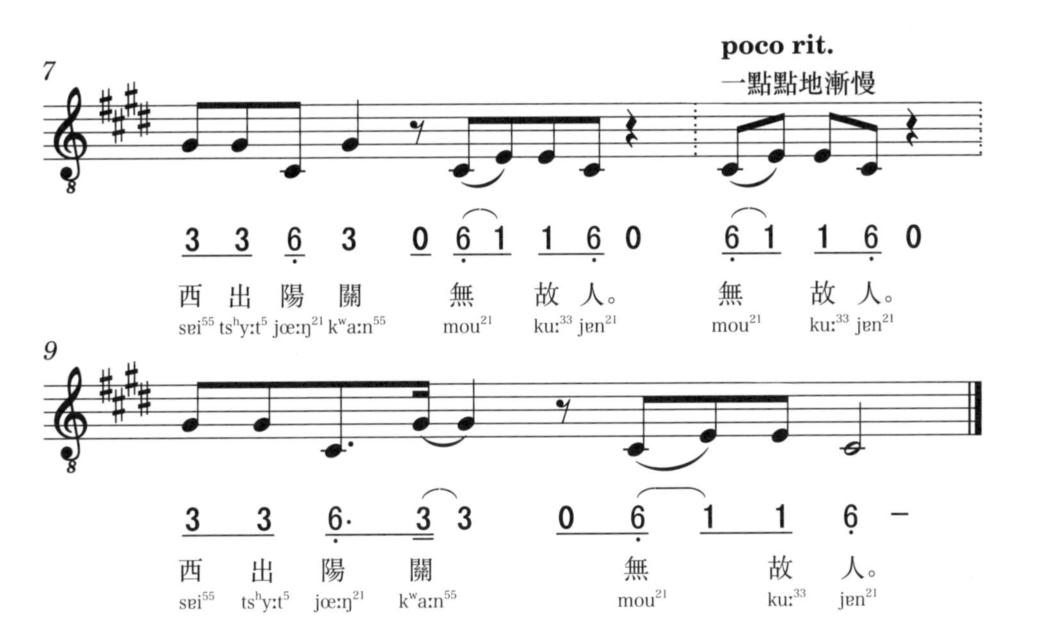
poco rit.
一點點地漸慢
西 出 陽 關 無 故 人。 無 故 人。
sɐi55 tsʰyːt5 jœːŋ21 kʷaːn55 mou21 kuː33 jɐn21 mou21 kuː33 jɐn21
西 出 陽 關 無 故 人。
sɐi55 tsʰyːt5 jœːŋ21 kʷaːn55 mou21 kuː33 jɐn21

晏殊〈踏莎行〉

陳湛銓吟　1972年
任博彥　記譜

6
畫閣魂消，
waː22 kɔːk3 wɐn21 siːu55
高樓目斷。
kou55 lɐu21 mʊk2 tyːn22
8
斜陽只送平波遠。
tsʰɛː21 jœːŋ21 tsiː35 sʊŋ33 pʰɪŋ21 pɔː55 jyːn13
9
無窮無盡是離愁，
mou21 kʰʊŋ21 mou21 tsɵn22 siː22 lei21 sɐu21
10
天涯地角尋思徧。
tʰiːn55 ŋaːi21 tei22 kɔːk3 tsʰɐm21 siː55 pʰiːn33

宋祁〈玉樓春〉

陳湛銓吟　1972年
任博彥　記譜

原吟誦 9-13 小節為 E 調，譯譜時統一改為 E♭ 調。

7
浮 生 長 恨 歡 娛 少。
feu21 saːŋ55 tsʰœːŋ21 hɐn22 fuːn55 jyː21 siːu35
9
肯 愛 千 金 輕 一 笑。
hɐŋ35 ŋɔːi33 tsʰiːn55 kɐm55 hɪŋ55 jɐt5 siːu33
11
為 君 持 酒 勸（呢 個）斜 陽，
wɐi22 kʷɐn55 tsʰiː21 tsɐu35 hyːn33 liː55 kɔː33 tsʰɛː21 jœːŋ21
13
且 向 花 間 留 晚 照。
tsʰɛː35 hœːŋ33 faː55 kaːn55 lɐu21 maːn13 tsiːu33

陸機〈文賦〉選段

陳湛銓吟　1981年
李梓成　記譜

♩= 66 慢些
志 眇 眇 而 臨 雲。
詠 世 德 之 駿 烈，
誦 先 人 之 清 芬。
遊 文 章 之 林 府，
嘉 麗 藻 之 彬 彬。
慨 投 篇 而 援 筆，
聊 宣 之 乎 斯 文。
其 始 也，
皆 收 視 反 聽，
耽 思 傍 訊。
精 鶩 八 極，
心 遊 萬 仞。

其致也，情瞳矓而彌鮮，物(係)昭晰而互進。
傾羣言之瀝液，漱六藝之芳潤。
浮天淵以安流，濯下泉而潛浸。
於是沉辭怫悅，
若游魚銜鉤，而出重淵之深；浮藻聯翩，

a tempo 原速
若翰鳥　纓繳，而墜曾雲　之峻。
jœːk2 hɔːn22 niːu13 jɪŋ55 tshœːk3 jiː21 tsøy22 tshɐŋ21 wɐn21 tsiː55 tsøn33
收百世之闕文，採千載之遺韻。
sɐu55 pɐk3 sɐi33 tsiː55 khyːt3 mɐn21 tshɔːi35 tshiːn55 tsɔːi35 tsiː55 wɐi21 wɐn22
謝朝華之已披，啓夕秀於未振。
tsɛː22 tsiːu55 faː55 tsiː55 jiː13 phei55 khɐi35 tsɪk2 sɐu33 jyː55 mei22 tsøn33
觀古今於須臾，撫四海於一瞬。[......]
kuːn55 kuː35 kɐm55 jyː55 søy55 jyː21 fuː35 siː33 hɔːi35 jyː55 jɐt5 søn33

韓愈〈送董邵南遊河北序〉

陳湛銓吟　年份不詳
李梓成　記譜

原吟誦 1–2 小節為 D♭調，譯譜時統一改為 D 調。

8
夫 以 子 之 不 遇 時，
fuː21 jiː13 tsiː35 tsiː55 pɐt5 jyː22 siː21
9
苟 慕 義 彊 仁 者 皆 愛 惜 焉。
kɪk5 mou22 jiː22 kʰœːŋ13 jɐn21 tsɛː35 kaːi55 ɔːi33 sɪk5 jiːn21
10
矧 燕 趙 之 士 出 乎 其 性 者 哉！
tsʰɐn35 jiːn55 tsiːu22 tsiː55 siː22 tsʰyːt5 fuː21 kʰei21 sɪŋ33 tsɛː35 tsɔːi55
11
然 吾 嘗 聞 風 俗 與 化 移 易，
jiːn21 ŋ21 sœːŋ21 mɐn21 foŋ55 tsʊk2 jyː13 faː33 jiː21 jɪk2
13
吾 惡 知 其 今 不 異 於 古 所 云 邪?
ŋ21 wuː55 tsiː55 kʰei21 kɐm55 pɐt5 jiː22 jyː55 kuː35 sɔː35 wɐn21 jɛː21

14
聊以吾子之行 卜之也。
liːu21 jiː13 ŋ21 tsiː35 tsiː55 heŋ21 pok5 tsiː55 jaː13
16
董生 勉乎 哉！ 吾因子有所感矣，
toŋ35 seŋ55 miːn13 fuː21 tsɔːi55 ŋ21 jen55 tsiː35 jeu13 sɔː35 kem35 jiː13
19
為我弔 望諸君之墓，而 觀於其市，
wei22 ŋɔː13 tiːu33 mɔːŋ22 tsyː55 kwen55 tsiː55 mou22 jiː21 kuːn55 jyː55 khei21 siː13
21
復有昔時屠 狗者乎？ 為我謝曰：
fok2 jeu13 sɪk5 siː21 thou21 keu35 tsɛː35 fuː21 wei22 ŋɔː13 tsɛː22 jœːk2
23
明 天子在上， 可以 出而 仕矣。
mɪŋ21 thiːn55 tsiː35 tsɔːi22 sœːŋ22 hɔː35 jiː13 tshet5 jiː21 siː22 jiː13

蘇文擢吟誦調

蘇文擢 (1921–1997)，廣東順德人，生於上海。祖父若瑚為舉人，父寶盉為光緒優貢，以書法名世。於無錫國學專科學院從錢基博、唐文治等問學，1950 年移居來港，先後執教於端正中學、聖心書院、新亞書院、珠海書院、中文大學聯合書院等，同時於學海書樓、香港孔聖堂等設國學班。長於三《禮》與公羊學，擅書法，七古取法韓、蘇，五古師法《選》體，五、七律則學杜。1985 年榮休，1987 年結成詩社，後定名為鳴社，時有詩聚。1996 年獲珠海書院頒授名譽博士學位。著述有《邃加室詩文集》、《邃加室講論集》、《邃加室詩文續稿》、《邃加室詩文叢稿》、《說詩晬語詮評》、《韓文四論》、《經詁拾存》、《孟子述要》、《黎簡年譜》、《淺語集》、《邃加室遺稿》等。[1] 至今香港中文大學逸夫書院、許讓成樓及何添樓等，均可見蘇文擢的題字及碑記。2007 年辭世十周年，香港中文大學與鳴社舉辦「魏唐三昧：蘇文擢教授法書展」及「蘇文擢教授詩詞朗誦會」。2017 年辭世二十周年，假香港珠海學院舉

1 詳細行述可參閱蘇文玖：〈蘇文擢教授傳略〉，《學海書樓七十五周年紀念集》（香港：學海書樓，1998 年），頁 74–75。陳耀南：〈蘇教授文擢先生行述〉，《蘇文擢教授哀思錄》（香港：出版社不詳，1997 年），頁 1–4。招祥麒：《蘇文擢教授年譜》，蘇文擢教授紀念網站，https://somanjock.org/%E5%84%92%E5%B8%AB%E8%A1%8C%E8%BF%B0-2/%E8%98%87%E6%96%87%E6%93%A2%E6%95%99%E6%8E%88%E5%B9%B4%E8%AD%9C，登錄於 2021 年 6 月 29 日。

辦「粵語吟誦暨紀念蘇文擢教授逝世二十周年研討會」。

蘇文擢吟誦調為諸家中流傳最廣的吟誦調，蘇門弟子於公開活動中均曾以其吟誦調吟誦作品，蘇文擢部分吟誦錄音亦以「粵吟攬勝」之名，在「蘇文擢教授紀念網站」及學海書樓 YouTube 頻道公開。蘇文擢提倡朗誦，曾多次出任香港學校朗誦節中文朗誦評判，並曾於 1971 年在中文大學校外進修部舉行四次朗誦講座，文字稿即〈朗誦四講〉。此外又有〈朗誦的要點〉(1977 年孔聖堂國學研習班講詞) 及〈朗誦與文學修養〉(1979 年香港教師會周年學術研討會講詞)。蘇文擢認為吟誦屬「韻律式」的誦法，發音較朗誦圓潤而有韻味，適合駢文、近體詩、詞曲等體裁，且能表現四聲之美；但其表達之情感容易流於單一而欠缺變化，故敘事詩、長篇古體、記事即說理文等則較適合使用朗誦。[2] 東華三院黃笏南中學榮休教師馬淑翬曾分享因訓練中學朗誦，特地返回中文大學向蘇文擢請教並錄下吟誦示範，卻忘記按下錄音鍵的趣事，[3] 可見蘇文擢熱心普及「韻律誦」之一斑。

王良和曾憶述課上聽蘇文擢吟誦歐陽修〈祭石曼卿文〉的感受，吟誦聲「由悽惋轉為激昂」，「一顆一顆鋼珠般有力地吐出」，「抑揚多變，蕩氣迴腸」，[4] 與所獲錄音可相印證。本書所譯吟誦作品，其來源為：

1. 莫羅妙馨捐贈，原為 1975 至 1977 年於學海書樓講「韓柳韻文」之錄音；
2. 「粵吟攬勝」所載吟誦錄音；
3. 樊善標轉贈 1970 年代香港中文大學校外進修部製作之吟誦及朗誦錄音帶。

2 蘇文擢：〈朗誦四講〉，《淺語集》(香港：華南印刷製版公司，1978 年)，頁 260–264。蘇文擢：〈朗誦的要點〉，《邃加室講論集》(香港：出版社不詳，1983 年)，頁 424–425。

3 馬淑翬「文以言志，聲以入情」講座，「研經淑世—蘇文擢教授百歲冥誕紀念講座」，2021 年 7 月 2 日。

4 王良和：〈朗讀體會情意〉，張永德主編：《教出語文新天地》(香港：啟思出版社，2006 年)，頁 9。

當中近體詩及古詩吟誦調可進一步分為兩類：較快者節奏整齊，裝飾音較少，如〈左遷至藍關示侄孫湘〉、〈別舍弟宗一〉、〈圓圓曲〉；較慢者延長處及裝飾音相對較多，如〈登樂遊原〉、〈望月懷遠〉、〈古詩十九首〉三首、*〈八陣圖〉、*〈望薊門〉、*〈送元二使安西〉、*〈送孟浩然之廣陵〉、*〈送陳章甫〉等。又因人力所限，未能將更多古文吟誦記為樂譜，實有遺珠之憾，只能留待異日。

陳志清曾撰〈蘇文擢教授吟誦風格初探〉一文，分析〈八陣圖〉吟誦調的詞樂關係，[5] 與本文可互相參看。蘇文擢吟誦調的詞樂特徵如下：

音高

1. 由於蘇文擢吟誦調所用樂音較為豐富，且頻繁轉調，難以像其他音誦調一般簡單歸納出較單一的樂音與調尾值關係，故相關譯譜並未刻意調整唱名。一般而言，所用樂音（包括裝飾音）的最高音及最低音恰成八度關係，中間各音與調尾值的對應關係則不甚一致。以下選取數首，說明其主要用音：

〈望月懷遠〉

調尾值	樂音
5	2 3 5
3	1
2	$\underset{\cdot}{7}$
1	$\underset{\cdot}{5}$

5　陳志清：〈蘇文擢教授吟誦風格初探〉，施仲謀、廖先主編：《朗誦與朗誦教學新探》（香港：商務印書館（香港）有限公司，2019 年），頁 71–83。

〈左遷至藍關示侄孫湘〉

調尾值	樂音
5	7 2̇ 3̇
3	6 7
2	♯5
1	3 4 5

〈古詩十九首・行行重行行〉

調尾值	樂音
5	i̇
3	5
2	3 5
1	1

〈圓圓曲〉

調尾值	樂音
5	2 4
3	1 2
2	7̣
1	4̣ 5̣

〈摸魚兒〉

調尾值	樂音
5	7 1̇ 3̇
3	7
2	♯5
1	3 5

〈離騷〉分高、低音層，可隨意組合：

調尾值	高音層	低音層
5	3 5	2 3
3	♭3 3	1
2	3	♭7̣ 7̣
1	1	5̣

高音層出現調尾值 2 及 3 相混的情況，如：

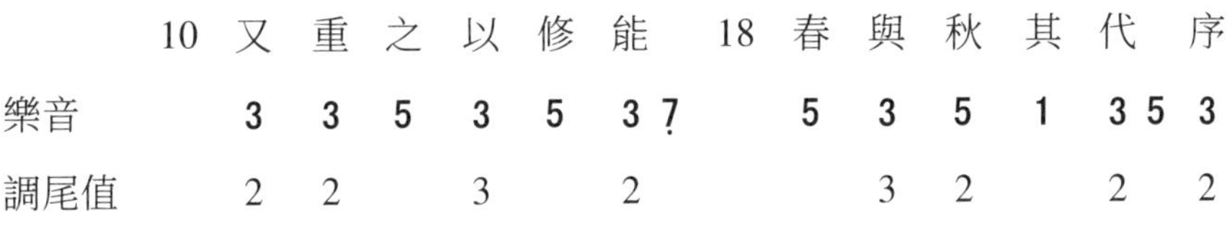

	10	又	重	之	以	修	能	18	春	與	秋	其	代	序
樂音		3	3	5	3	5	3 7̣		5	3	5	1	3 5	3
調尾值		2	2		3		2			3	2		2	2

2. 蘇文擢吟誦調中有若干樂音與調尾值不諧和的情況，但當中規律井然，當屬有意為之，如調尾值 3 唱為 2，聽起來像陽去調：

	欲	為	聖	明	浣	花	里
樂音	7	7	7	5	2	2	7̣
調尾值			3				3

〈左遷至藍關〉3　　〈圓圓曲〉13

調尾值 2 唱為 3，聽起來像陰去調：

	夢	佳	期	加	餐	飯
樂音	1	2 1 6̣	6̣	5	5	4
調尾值	2					2

〈望月懷遠〉9　〈行行重行行〉21

調尾值 5 唱為 3，聽起來像陰去或陰上調：

	登	古	原	雪	擁	藍	關
樂音	1̇ 6	♯4	4 1	6	6	3	7
調尾值		5			5		

〈登樂遊原〉2　〈左遷至藍關〉6

以上有些例子與旋律有關，即因重複前一樂音而導致，但也有反例。

腔型

1. 陰平調多用 1̇ 6（〈登樂遊原〉2「車」、「登」）、 2̇ 7（〈左遷至藍關示侄孫湘〉1「天」、4「將」）、 4 2（〈圓圓曲〉3「軍」、11「將」、13「家」）、 1̇ 5（〈行行重行行〉5「天」、8「安」、「知」）、 3̇ 7（〈摸魚兒〉3「匆」、4「花」、6「春」）等腔型，其中 1̇ 5 多見於〈行行重行行〉，3̇ 7 多見於〈摸魚兒〉，為本吟誦調的主要腔型之一。調尾值同為 5 的陰上調也偶爾使用此腔型，如〈行行重行行〉16「子」、〈摸魚兒〉20「苦」。
2. 陽平調較少使用腔型，如 3 1 （〈行行重行行〉2「離」）、♯5 3 （〈摸魚兒〉5「紅」）。

3. 豐富的仄聲腔型為本吟誦調的一大特色，此一腔型為上、去聲所共用。最常見的是降半音的 **4 3**（〈行行重行行〉10「馬」、13「帶」、17「老」）、 **1 7̣**（〈望月懷遠〉6「滿」、〈圓圓曲〉6「讌」）、 **6 ♯5**（〈摸魚兒〉3「去」、12「惹」、19「燕」），有時下面再加一音成 **4 3 1**（〈行行重行行〉4「里」）、 **6 ♯5 3**（〈摸魚兒〉9「語」）。另一種腔型為 **5 6 5**（〈登樂遊原〉3「好」）、 **1 2 1**（〈望月懷遠〉3「怨」、「夜」）、 **♯5 6 ♯5**（〈摸魚兒〉16「賦」）、 **♯5 7 5**（〈摸魚兒〉23「處」）。〈摸魚兒〉大量使用這兩種腔型，讀者可揣摩玩味。

節奏

1. 近體詩較快者七言只延長第二字平聲、第四字平聲及第七字，其餘音節為均拍。第六字不延長。
2. 近體詩較慢者五言第二、三、四、五字均可延長或停頓，當中除第四字以平聲字為多，其餘均不限平仄。七言延長或停頓處則為第二、四、五、六、七字，第六字不拘平仄均可延長。因此此類吟誦調在節奏上並未明顯體現 ABA 系統的平仄對立。
3. 古詩較快者如七言〈圓圓曲〉，節奏規律與近體詩較快者相同。
4. 古詩較慢者如五言〈古詩十九首〉基本為均拍，第二字可延長，偶爾有較急促的均拍，如〈行行重行行〉7「道路阻且長」。
5. 詞的吟誦調節奏雖多變，一般只於平聲節奏點延長，此前各字往往較為急促，形成強烈對比，如〈摸魚兒〉10「算只有殷勤」、14「準擬佳期」、19「君不見玉環」。

6. 〈離騷〉「□□□○□□兮，□□□○□□」句式，除句末延長或停頓外，其餘位置以均拍為主，即 x x x x x x x x ， x x x x x x x x 。句腰前可加快（如 5「皇覽揆」、7「名余日」）或延長（如 20「恐美人」）。

其他特徵

1. 吟誦《楚辭》使用叶音。
2. 聲母 n- 及 l- 有相混的趨勢，如「年」li:n^{21} 、「鳥」li:u^{13} 。
3. 使用「啊」、「都」、「就」等襯字。

楊利成訪談

楊利成 (1953–2022)，廣東南海人。香港中文大學文學碩士畢業，從蘇文擢學，任香港中文大學中國語言及文學系講師、香港學海書樓講師，編有《梁羽生讀民國聞人詩詞》、《荊山玉屑四編》等。曾協助整理蘇文擢教授相關文物及吟誦錄音，並於 2021 年參與舉辦「研經淑世——蘇文擢教授百歲冥誕紀念」展覽。

日期：二零二一年六月

形式：書面訪談

訪談人：歐陽德穎

整理者：蕭振豪

吟誦，大抵是指舊時塾師的讀書腔調吧。我只是私下讀書時才會吟誦，由於是開聲誦讀，並沒有在公眾地方吟誦。吟誦只是讀書時個人情感的宣洩，不甚適合作為範文教學之用，我在課堂上也沒有用吟誦的方式朗讀課文。吟誦只用於古典作品，白話文教學的話，應該也沒有教師使用吟誦吧。

韻律誦與吟誦不盡相同，我習慣使用的韻律誦學自蘇文擢老師。由於是讀書腔調，所以只有上課時，才會聽到老師的吟誦。蘇公的文集中有專門討論朗誦的文章，網上也有蘇公的朗誦示範流傳，再者，「蘇文擢教授百歲冥誕紀念」講座正與朗誦有關，講者馬淑翬學長便是蘇老師的高足。朗誦雖較為接近韻律誦，但實際上各有不同，如白話詩文的朗誦用台詞誦，和吟誦完全不同，而文言朗誦有用台詞誦的，也有用韻律誦的。

同輩之間也沒有吟誦的交流，我相信他們都各自跟隨中小學時代的老師學習。和我一代的中文系學生，幾乎全部都會吟誦，而且各有特色。吟誦方式並沒有清晰的規範，因此每個人都有自己的處理方式。

只要維持母語教育，用粵語教學和誦讀，吟誦就自然能保存流傳。幾百年來，從來沒有人提出過要保育吟誦，吟誦也一直流傳下來。一方面「推普」，一方面又要保育吟誦，那便是人格分裂了。

李商隱〈樂遊原〉

蘇文擢吟　年份不詳
李梓成　記譜

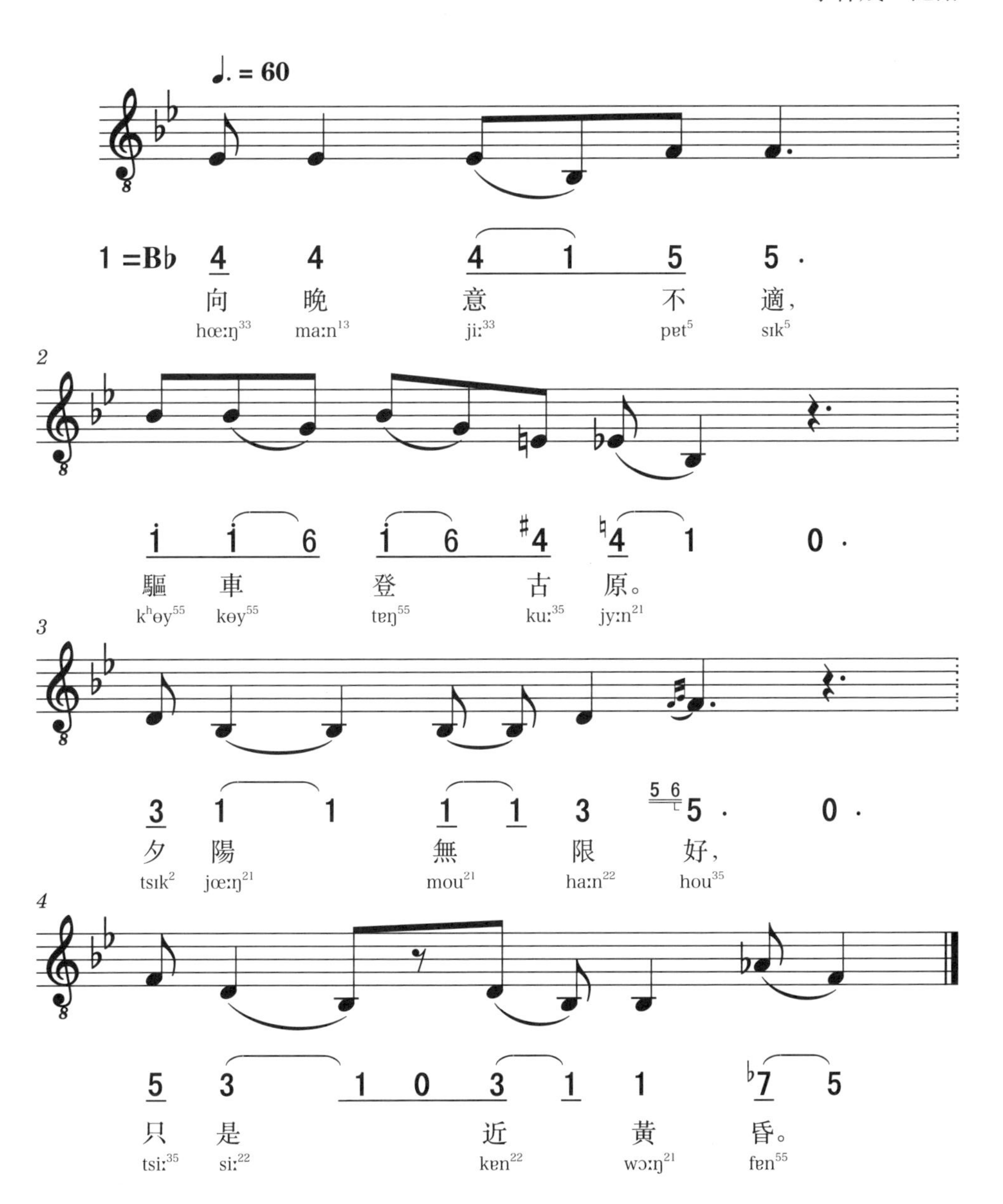

張九齡〈望月懷遠〉

蘇文擢吟　年份不詳
李梓成　記譜

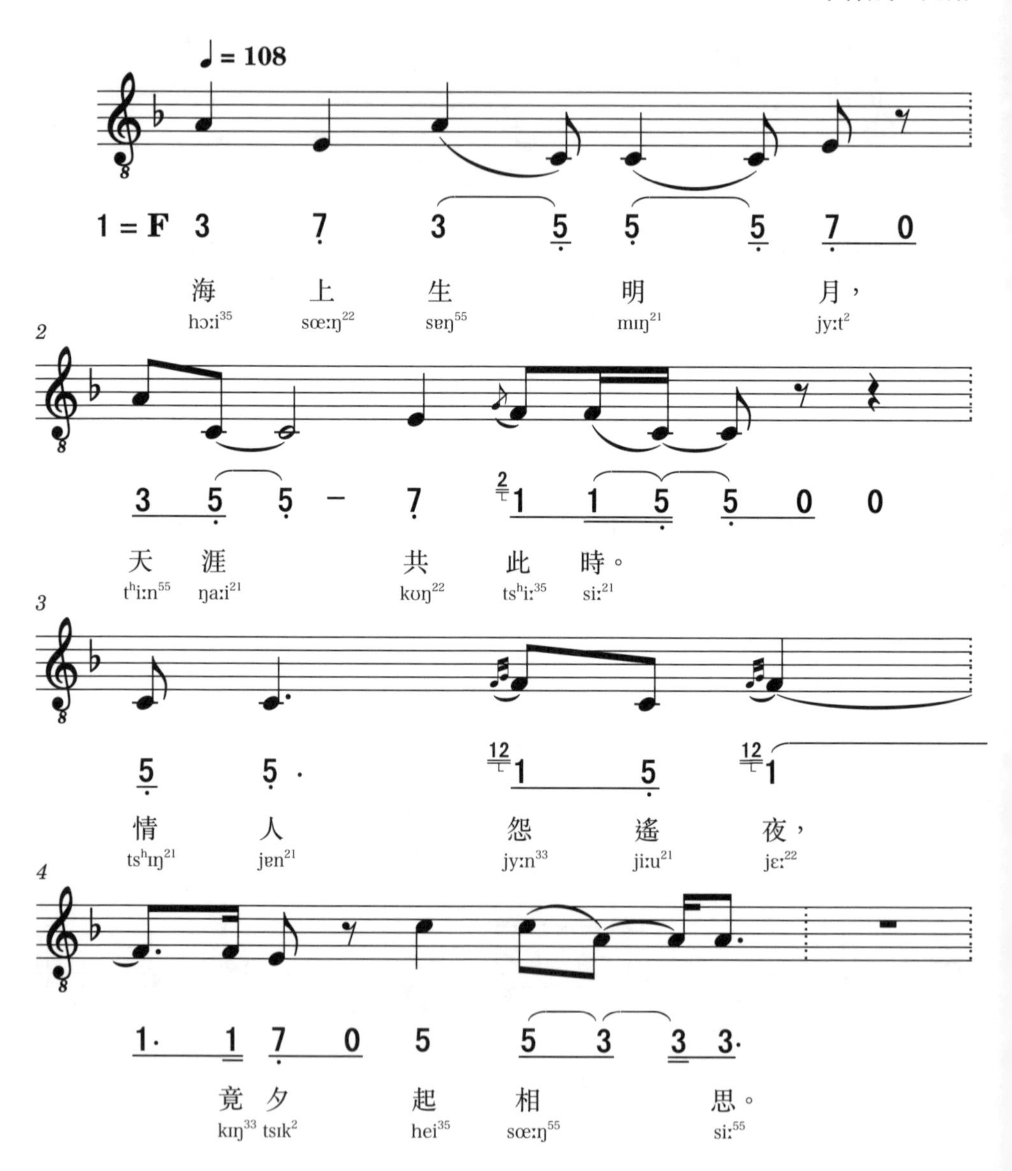

6
7 2 0 5 2 1 7 0
滅 燭 憐 光 滿，
miːt2 tsʊk5 liːn21 kʷɔːŋ55 muːn13
7
5 5 3 2 #1 6 3 0
披 衣 覺 露 滋。
pʰei55 jiː55 kɔːk3 lou22 tsiː55
8
2 1 6 6 2 1 1
不 堪 盈 手 贈，(啊)
pɐt5 hɐm55 jɪŋ21 sɐu35 tsɐŋ22 aː33
9
, rit. 漸慢
6 2 1 1 2 1 6 6 –
還 寢 夢 佳 期。
waːn21 tsʰɐm35 mʊŋ22 kaːi55 kʰei21

韓愈〈左遷至藍關示侄孫湘〉

蘇文擢吟　1976年

李梓成　記譜

5
3 3 3 6 7 3 #5
雲 橫 秦 嶺 家 何 在，
wen21 wa:ŋ21 tsʰɵn21 lɪŋ13 ka:55 hɔ:21 tsɔ:i22
6
#5· 6 6 6 3 7 7 6 7 3
（都）雪 擁 藍 關 （啦）馬 不 前。
tou55 sy:t3 jʊŋ35 la:m21 kʷa:n55 la:55 ma:13 pɐt55 tsʰi:n21
7
2 7 7 3 3 7 7· 2
知 汝 遠 來 應 有 意，（都）
tsi:55 jy:13 jy:n13 lɔ:i21 jɪŋ55 jɐu13 ji:33 tou55
8
7 7 3 7 7 5 6 7 7
好 收 吾 骨 （都）瘴 江 邊。
hou35 sɐu55 ŋ̍21 kʷɐt5 tou55 tsœ:ŋ33 kɔ:ŋ55 pi:n55

柳宗元〈別舍弟宗一〉

蘇文擢吟　1976年
李梓成　記譜

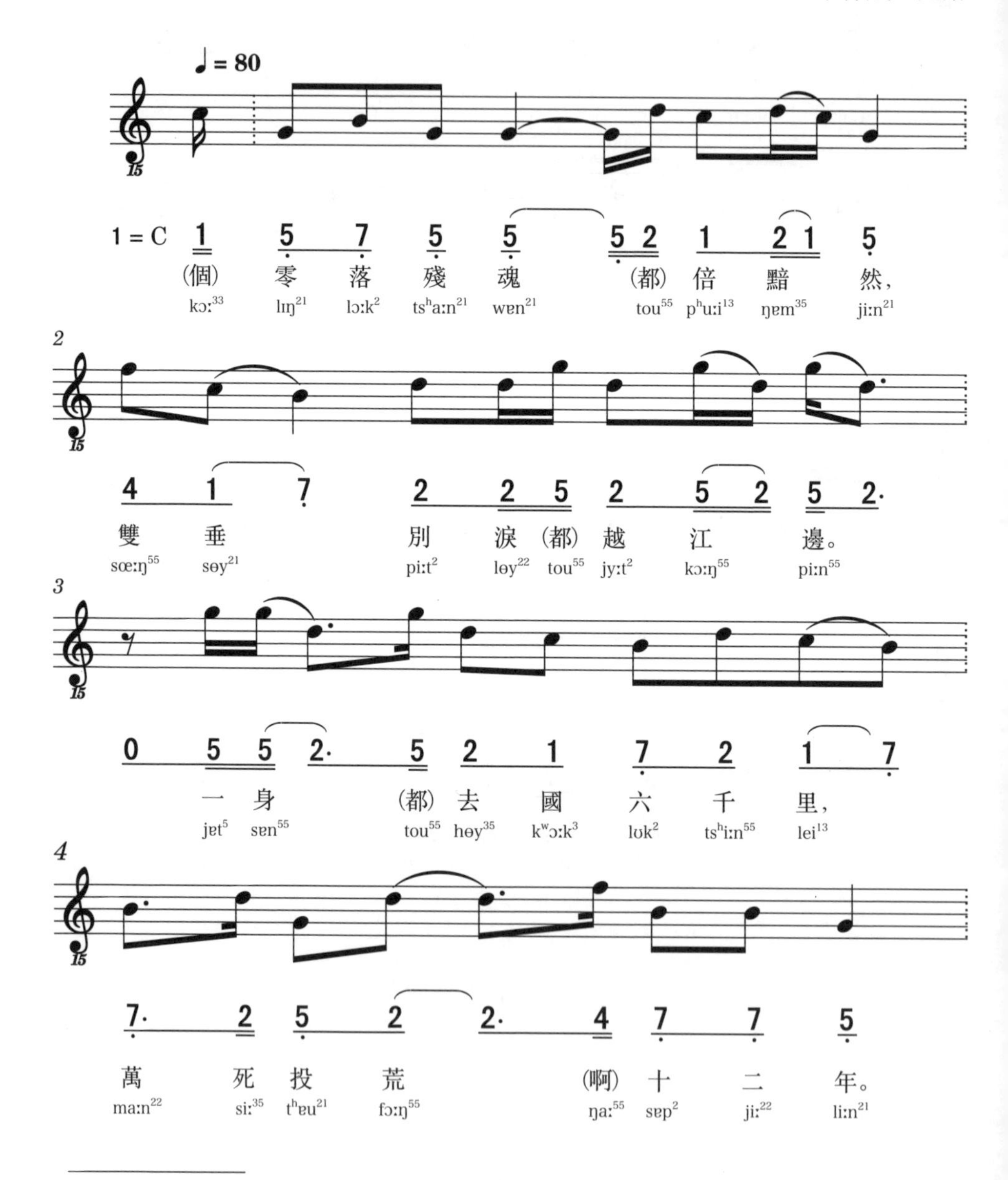

原吟誦 1–5 小節「雲」字為 B 調，譯譜時統一改為 C 調。

5
桂 嶺 瘴 來 雲 似 墨， 洞
6
庭 春 盡 (都) 水 如 天。
7
欲 知 此 後 相 思 夢 (啊)，
8
長 在 荊 門 郢 樹 煙。

〈古詩十九首·行行重行行〉

蘇文擢吟　年份不詳
任博彥　記譜

12
相去日已遠，
sœːŋ55 høy33 jɐt2 jiː13 jyːn13
衣帶日已緩。
jiː55 taːi35 jɐt2 jiː13 wuːn22
15
浮雲蔽白日，
fɐu21 wɐn21 pɐi33 paːk2 jɐt2
遊子不顧返。
jɐu21 tsiː35 pɐt5 kuː33 faːn35
17
思君令人老，
siː55 kʷɐn55 lɪŋ22 jɐn21 lou13
歲月忽已晚。
søy33 jyt2 fɐt5 jiː13 maːn13
20
棄捐勿復道，
hei33 kyːn55 mɐt2 fɔk2 tou22
努力加餐飯。
lou13 lɪk2 kaː55 tshaːn55 faːn22

吳偉業〈圓圓曲〉選段

蘇文擢吟　年份不詳
李梓成　記譜

9
相見初經田竇家，侯門歌舞出如花。
sœːŋ55 kiːn33 tsʰɔː55 kɪŋ55 tʰiːn21 tɐu22 kaː55 hɐu21 muːn21 kɔː55 mou13 tsʰɵt5 jyː21 faː55
11
許將戚里箜篌伎，等取將軍油壁車。
hɵy35 tsœːŋ55 tsʰɪk5 lei13 hʊŋ55 hɐu21 kei33 tɐŋ35 tsʰɵy35 tsœːŋ55 kʷɐn55 jɐu21 pɪk2 tsʰɛː55
13
家本姑蘇浣花里，圓圓小字嬌羅綺。
kaː55 puːn35 kuː55 sou55 wuːn35 faː55 lei13 jyːn21 jyːn21 siːu35 tsiː22 kiːu55 lɔː21 jiː35
15
夢向夫差苑裏遊，宮娥擁入君王起。
mʊŋ22 hœːŋ33 fuː21 tsʰaːi55 jyːn35 lɵy13 jɐu21 kʊŋ55 ŋɔː21 jʊŋ35 jɐp2 kʷɐn55 wɔːŋ21 hei35
17
前身合是採蓮人，門前一片橫塘水。[......]
tsʰiːn21 sɐn55 hɐp2 siː22 tsʰɔːi35 liːn21 jɐn21 muːn21 tsʰiːn21 jɐt5 pʰiːn33 waːŋ21 tʰɔːŋ21 sɵy35

辛棄疾〈摸魚兒〉

蘇文擢吟　年份不詳
李梓成　記譜

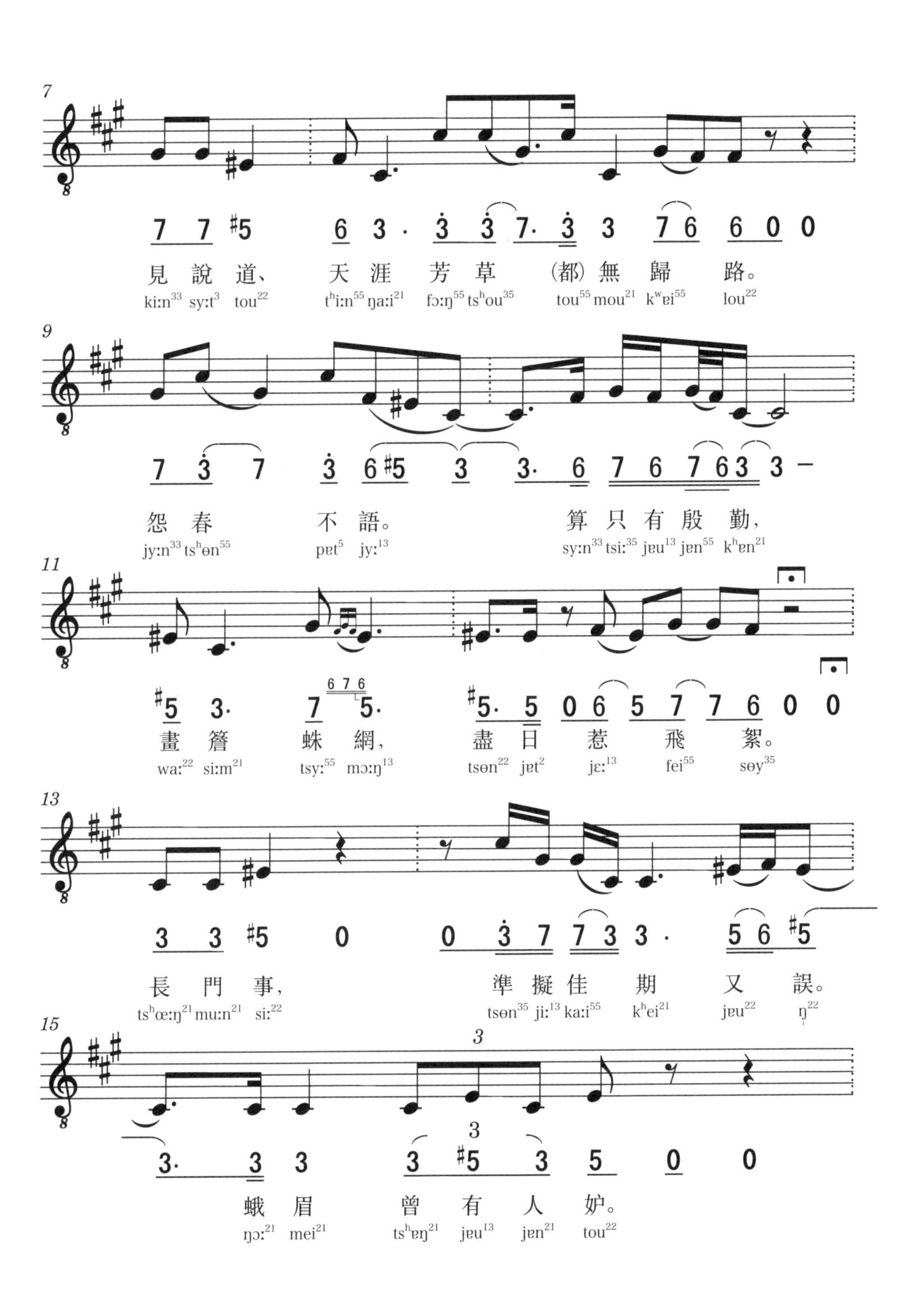
見 說 道、 天 涯 芳 草 (都) 無 歸 路。
ki:n33 sy:t3 tou22 thi:n55 ŋa:i21 fɔ:ŋ55 tshou35 tou55 mou21 kwɐi55 lou22
怨 春 不 語。 算 只 有 殷 勤,
jy:n33 tshøn55 pɐt5 jy:13 sy:n33 tsi:35 jɐu13 jɐn55 khɐn21
畫 簷 蛛 網, 盡 日 惹 飛 絮。
wa:22 si:m21 tsy:55 mɔ:ŋ13 tsøn22 jɐt2 jɛ:13 fei55 søy35
長 門 事, 準 擬 佳 期 又 誤。
tshœ:ŋ21 mu:n21 si:22 tsøn35 ji:13 ka:i55 khei21 jɐu22 ŋ22
蛾 眉 曾 有 人 妒。
ŋɔ:21 mei21 tshɐŋ21 jɐu13 jɐn21 tou22

16
千 金 (都)縱 買 相 如 賦, (都)
tsʰi:n55 kɐm55 tou55 tsʊŋ33 ma:i13 sœ:ŋ55 jy:21 fu:33 tou55
17
脈 脈 此 情 誰 訴。 君 莫 舞。
mɐk2 mɐk2 tsʰi:35 tsʰɪŋ21 sɵy21 sou33 kʷɐn55 mɔ:k2 mou13
19
君 不 見、玉 環 飛 燕 皆 塵 土 (哇)。
kʷɐn55 pɐt5 ki:n33 jʊk2 wa:n21 fei55 ji:n33 ka:i55 tsʰɐn21 tʰou35 wɐ33
20
閒 愁 最 苦。 (都) 休 去 倚 危 闌,
ha:n21 sɐu21 tsɵy33 fu:35 tou55 jɐu55 hɵy33 ji:35 ŋɐi21 la:n21
22
斜 陽 正 在, 煙 柳 斷 腸 處。
tsʰɛ:21 jœ:ŋ21 tsɪŋ33 tsɔ:i22 ji:n55 lɐu13 tʰy:n13 tsʰœ:ŋ21 tsʰy:33

《楚辭·離騷》選段

蘇文擢吟　1976年
李梓成　記譜

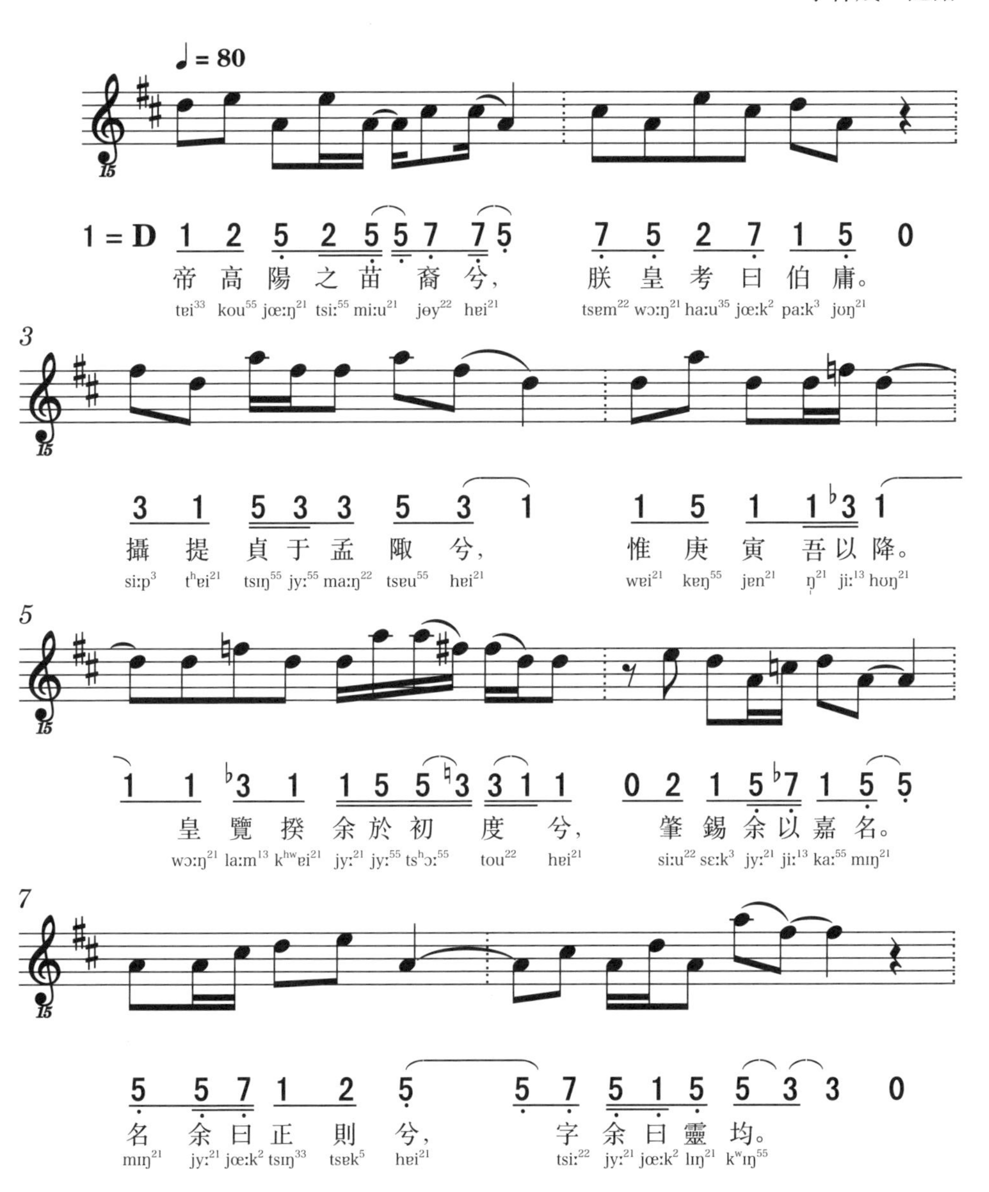

紛吾既有此內美兮，又重之以脩能。
fɐn55 ŋ21 kei33 jɐu13 tshi:35 lɔ:i22 mei13 hɐi21 jɐu22 tsoŋ22 tsi:55 ji:13 sɐu55 lɔ:i22
扈江離與辟芷兮，紉秋蘭以爲佩。
wu:22 kɔ:ŋ55 lei21 jy:13 phɪk5 tsi:35 hɐi21 jɐn22 tshɐu55 la:n21 ji:13 wɐi21 pu:i22
汩余若將不及兮，恐年歲之不吾與。
kwɐt5 jy:21 jœ:k2 tsœ:ŋ55 pɐt5 khɐp2 hɐi21 hoŋ35 li:n21 sɵy33 tsi:55 pɐt5 ŋ21 jy:13
朝搴阰之木蘭兮，夕攬洲之宿莽。
tsi:u55 hi:n55 phei21 tsi:55 mok2 la:n21 hɐi21 tsɪk2 la:m13 tsɐu55 tsi:55 sok5 mu:13
日月忽其不淹兮，春與秋其代序。
jɐt2 jy:t2 fɐt5 khei21 pɐt5 ji:m5 hɐi21 tshɵn55 jy:13 tshɐu55 khei21 tɔ:i22 tsy:22

19
惟 草 木 之零 落 兮，恐 美 人 之遲 暮。
wɐi21 tshou35 mʊk2 tsiː55 lɪŋ21 lɔːk2 hɐi21 hʊŋ35 mei13 jɐn21 tsiː55 tshiː21 muː22
21
不 撫 壯 而棄 穢 兮，何 不 改 乎 此 度 也。
pɐt5 fuː35 tsɔːŋ33 jiː21 hei33 wɐi33 hɐi21 hɔː21 pɐt5 kɔːi35 fuː21 tshiː35 tou22 jaː13
23
乘 騏 驥 以 馳 騁 兮，來 吾 道 夫 先 路。[......]
sɪŋ21 khei21 khei33 jiː13 tshiː21 phɪŋ35 hɐi21 lɔːi21 ŋ21 tou22 fuː21 siːn55 lou22

黃兆顯吟誦調

黃兆顯，1934 年生，字玄玄，別號南薰杜若，廣東番禺縣人。於經緯書院從陳湛銓、梁簡能、馮康侯學，先後任教聖嘉伯烈英文中學、基智夜中學、嶺南中學、華僑工商學院、清華書院、官立中文夜學院、樹仁學院、香港中文大學藝術系等。曾在學海書樓擔任國學講座講師，主講魏晉南北朝詩、南宋三家詞、清詞等至 2016 年。1979 年創立南薰書學社，1987 年創立南薰藝苑及南薰藝文院。著有《中國古典文藝論叢》、《姜白石七絕詩九十一首小箋》、《樂府補題研究及箋註》、《冬青集》、《黃兆顯書法集》、《南薰隨筆》(與黃嫣梨合著) 等。

據嚴偉與黃兆顯私人通訊內容，其吟誦調習自陳湛銓：

> 先師陳湛銓老師在經緯書院授課時好誦讀，余極好之，問所從來，答曰天籟。人人各自，無有同者，亦非必異。自後，余誦讀時，每自出機杼。講學詩詞時，乘興即及。聽眾亦以此見問，余竊效先師天籟以應。[1]

是次調查，僅發現樂府吟誦三首，來源為莫羅妙馨捐贈之 1987 年學海書樓

1 嚴偉 (私人交流，2021)。

「魏晉南北朝詩」錄音。據黃兆顯自述，其「南宋三家詞」講座之吟誦質量較佳，惜是次調查並未獲見，有待異日查訪。本書整理了音質較佳的兩首樂府，並歸納其吟誦調特質如下：

音高

1. 本吟誦調使用樂音為 3 5 6 1̇ 2̇ 3̇（3̇ 僅作裝飾音），分高、低兩層，高低兩層為純四度關係：

調尾值	高音層	低音層
5	2̇	6
3	1̇	未見[2]
2	6 1̇	3
1	5 6	3

2. 調尾值 2 與 1（即陽平、陽去及陽入）在高音層部分合併，在低音層則完全合併：

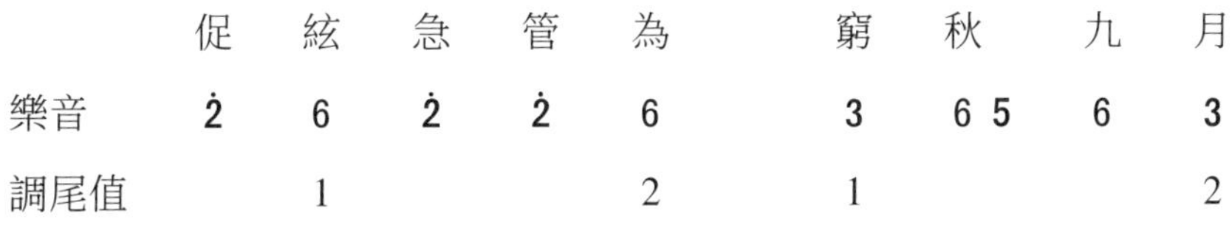

	促	絃	急	管	為	窮	秋	九	月
樂音	2̇	6	2̇	2̇	6	3	6 5	6	3
調尾值		1			2	1			2

〈代白紵曲〉5　　〈代白紵曲〉6

2　可據音階推斷為 5 。

腔型

陰平調可用 $\dot{2}\ \dot{1}/\dot{3}\ \dot{1}$（高音層）、 6 5（低音層）腔型（包括倚音）。前者如〈代白紵曲〉1「朱」、4「今」、8「多」，〈代白紵舞歌詞〉其二 1「宮」、2「朱」；後者如〈代白紵曲〉7「風」、「天」，〈代白紵舞歌詞〉其二 3「牀」、7「觴」。此腔型亦偶見於調尾值同為 5 的陰上調，如〈代白紵舞歌詞〉其二 4「組」。

節奏

1. 末字一般延長，第四字一般延長或停頓，第五字亦可延長。
2. 第六字如為平聲，可略為延長（只見於〈代白紵舞歌詞〉，如 3「犀」、4「帷」）；第二字如為平聲，可略為延長或停頓（只見於〈代白紵舞歌詞〉，如 1「宮」、4「屏」、5「箏」）。

鮑照〈代白紵舞歌詞〉其二

黃兆顯吟　1987年
任博彥　記譜

5
meno mosso. 稍慢些
秦 箏 趙 瑟 挾 笙 竽,
tsʰɵn21 tsɐŋ55 tsiːu22 sɐt5 hiːp3 sɐŋ55 jyː55
6
垂 瑲 散 佩 盈 玉 除,
sɵy21 tɔːŋ55 saːn33 pʰuːi33 jɪŋ21 jʊk2 tsʰɵy21
7
rit. 漸慢
停 觴 不 御 欲 誰 須。
tʰɪŋ21 sœːŋ55 pɐt5 jyː22 jʊk2 sɵy21 sɵy55

鮑照〈代白紵曲〉

黃兆顯吟　1987年

任博彥　記譜

6
窮 秋 九 月 （都） 荷 葉 黃， 北
kʰʊŋ21 tsʰɐu55 kɐu35 jyːt2 tou55 hɔː21 jiːp2 wɔːŋ21 pɐk5
7
風 驅 雁 天 雨 霜，
fʊŋ55 kʰɵy55 ŋaːn22 tʰiːn55 jyː22 sœːŋ55
8
rit. 漸慢
夜 長 酒 多 樂 未 央。
jɛː22 tsʰœːŋ21 tsɐu35 tɔː55 lɔːk2 mei22 jœːŋ55

常宗豪吟誦調

常宗豪 (1937–2010)，號恕齋，山東煙台牟平縣人。十歲移居香港，後入讀華僑書院、經緯書院、香港中文大學，從陳湛銓、熊潤桐、馮康侯、周法高、夏書枚、李棪等學。其後留香港中文大學任教，並為中文系系主任。1997 年退休，遷居澳門。善書畫，曾隨嶺南派黃磊生習畫，並多次舉辦展覽。著有《中國上古音表：據高本漢擬音》、《先秦文學論集》、《楚辭：靈巫與九歌》、《唐五代詞講義》等。[1] 2016 年，香港中文大學中國文化研究所文物館主辦「瓌瑋博達 —— 常宗豪書法展」，並出版同名圖錄，當中介紹常宗豪之行誼、文學研究著作及書法特色，可以參閱。

是次調查，僅發現莫羅妙馨捐贈之學海書樓 2001 年《文心雕龍 · 辯騷》錄音，及香港中央圖書館所藏 2004 年學海講座之〈離騷〉錄音。曾親炙常宗豪的吳麗珍表示同學間曾保留了上課的吟誦錄音，但現時尚未訪得，[2] 只能留待日後進一步調查。上述兩首均為常宗豪晚年的吟誦錄音，其風格與早期有若干差異，如吳麗珍指出上課時所聽到的「更慢，更高低抑揚」，黃耀堃（香港恒生大學客座教授、新亞書院資深書院導師）更指常宗豪課上吟誦〈離騷〉

1 陳冠男主編：《瓌瑋博達 —— 常宗豪書法展》（香港：香港中文大學中國文化研究所文物館，2016 年），頁 150–151。

2 吳麗珍（私人交流，2021）。

「聲量很大，特別是開始幾句，頗為震懾」，而且同學之間「最喜歡模仿『帝高陽之苗裔兮』那一句，『帝』字拖長，聲量又大，大家都自愧不如」。此外，陳湛銓吟誦調使用大量襯字，「常公深得其法」，[3] 然而本書所收錄的吟誦作品卻不見襯字，且聲量和樂音延長或因晚年中氣不如往昔之故，均有不少調整之處。雖然如此，從停頓和節奏的安排上，仍能感受到搖曳生姿、聲情並茂的儒雅風流。

除騷體及古文外，常宗豪亦在課上吟誦詩詞。據黃耀堃憶述，本書所錄陳湛銓吟誦黃庭堅〈贈陳師道〉一首，與常宗豪的吟誦較為相似，由此可見兩種吟誦調有相承之處。當時不少人學習「常腔」，且當年《楚辭》課上，常宗豪除吟誦原文外，又命他讀王逸《楚辭章句》，學長司徒嘉明負責讀朱熹《楚辭集注》，可謂舊日中大課上的獨特風景。本書所收錄黃耀堃吟誦調及嚴志雄吟誦調，皆師承自常宗豪吟誦調而有所變化。以下據 2004 年版〈離騷〉吟誦的詞樂關係作歸納：

音高

1. 本吟誦調使用 3̣ 5̣ 6̣ 7̣ 1 2 3 等音，分高、低兩層，兩層之間為純四度關係：

調尾值	高音層	低音層
5	2 3	6̣
3	1	5̣
2	6̣ 7̣	3̣
1	6̣	2̣ 3̣

---

3 黃耀堃 (私人交流，2021)。

2. 調尾值 2 與 1（即陽平、陽去及陽入）完全合併，只有極少數例外：

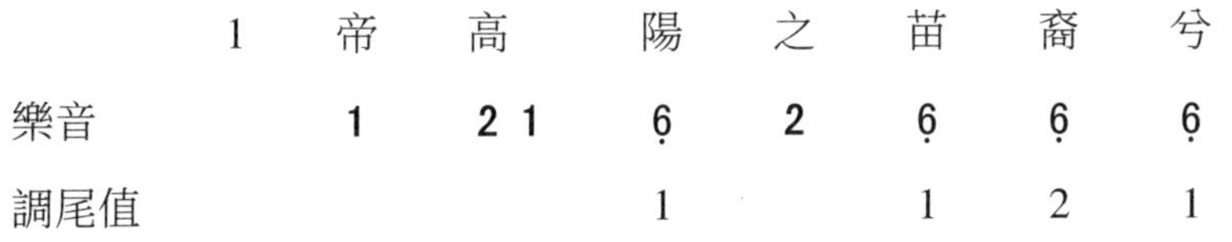

	1	帝	高	陽	之	苗	裔	兮
樂音		1	2 1	6̣	2	6̣	6̣	6̣
調尾值				1		1	2	1

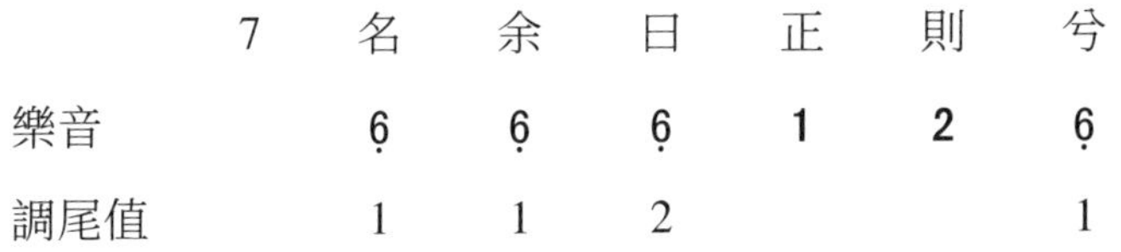

	7	名	余	日	正	則	兮
樂音		6̣	6̣	6̣	1	2	6̣
調尾值		1	1	2			1

高音層例外如下：

	18	其	代	序	20	遲	暮	13	汨	余	若	將
樂音		2̣	3̣	3̣		2̣	3̣		2	6̣	7̣	3
調尾值		1	2	2		1	2			1	2	

高低音層交錯使用時，一般高音層在前，低音層在後。

腔型

陰平調高音層可用 2 1 腔型，低音層可用 6̣ 5̣ 腔型（包括倚音）。

	4	庚	寅	10	脩	能	12	秋	蘭	24	先	路
樂音		2 1	6̣		2 1	6̣		6̣ 5̣	3̣		6̣ 5̣	3̣
聲調		陰平			陰平			陰平			陰平	

陽平調後接陰平或陰上時，高音層可用 6̣ 1 腔型，低音層可用 3̣ 5̣ 腔型。譯譜中僅見 8「靈均」一例，但亦偶見於其他錄音中。

節奏

1. 騷體中每句除句末停頓外，句中一般有兩處停頓 (可以延長代替)，停頓位置可以轉換。如最常見的「□□□○□□兮，□□□○□□」句式，基本節奏如下：

   X 0 X X 0 X X X X 0　X 0 X X 0 X X X 0

   即第一、三字後停頓，句腰連屬下文。停頓處可轉換為第二、四字：

   X X 0 X X 0 X X X 0　X X 0 X X 0 X X 0

   如採此種節奏，則句腰後停頓，不與下文連讀。

2. 遇非句腰的虛字或入聲字，音長略短，如 11「為」、 18「與」、 22「不」。

其他特徵

1. 據講座錄音，常宗豪認為〈離騷〉沒有必要盡依陳第《屈宋古音義》的叶音，故吟誦中前段不用叶音，但後段則較常使用。常宗豪早期授課亦多用叶音。

2. 譯譜中「恐」兩次均讀為陽上。

《楚辭·離騷》選段

常宗豪吟 2004年
李梓成 記譜

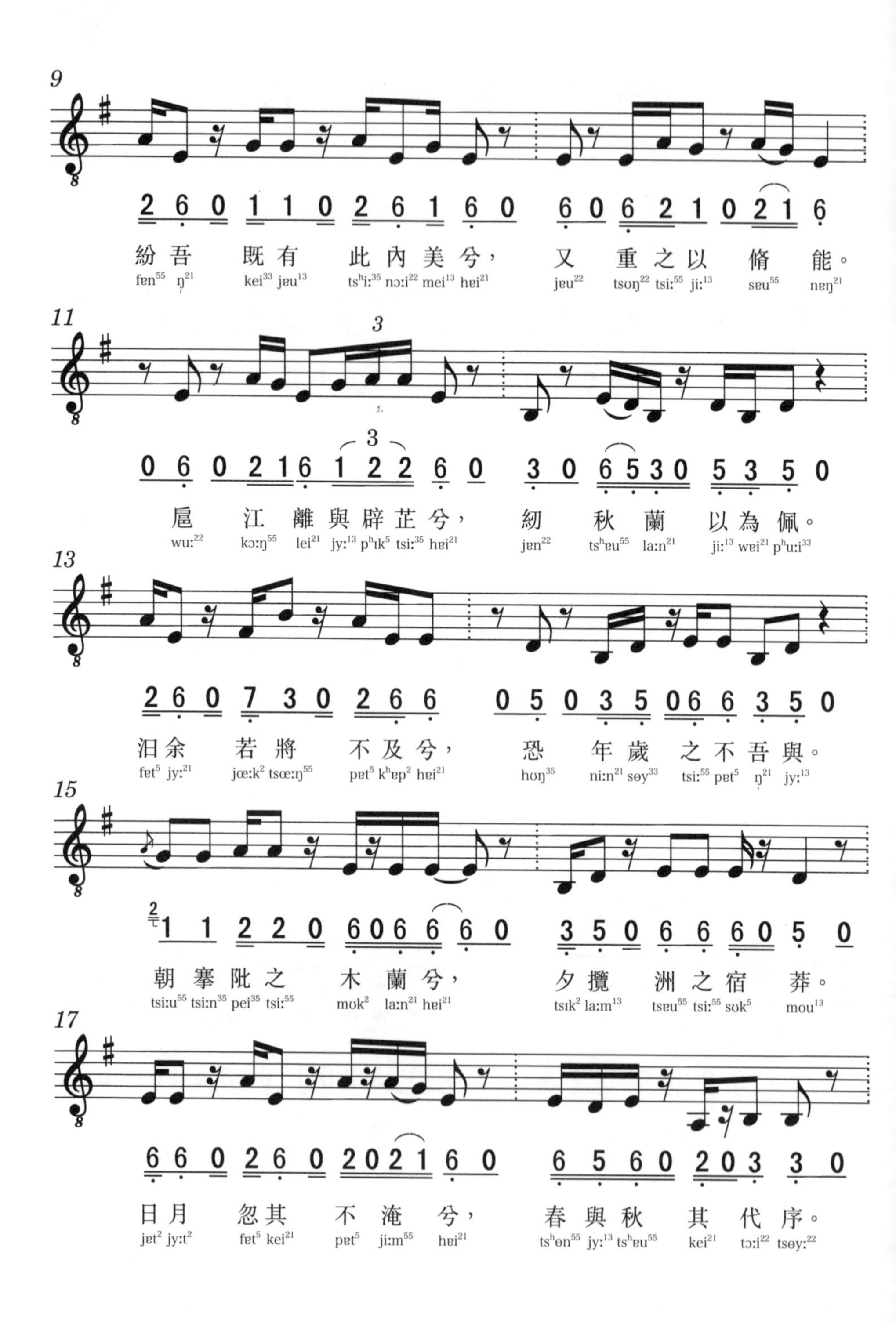
9
紛吾既有此內美兮，又重之以脩能。
fen55 ŋ21 kei33 jɐu13 tshi:35 nɔ:i22 mei13 hɐi21 jɐu22 tsoŋ22 tsi:55 ji:13 sɐu55 nɐŋ21
11
扈江離與辟芷兮，紉秋蘭以為佩。
wu:22 kɔ:ŋ55 lei21 jy:13 phɪk5 tsi:35 hɐi21 jɐn22 tshɐu55 la:n21 ji:13 wei21 phu:i33
13
汩余若將不及兮，恐年歲之不吾與。
fɐt5 jy:21 jœ:k2 tsœ:ŋ55 pɐt5 khɐp2 hɐi21 hoŋ35 ni:n21 sɵy33 tsi:55 pɐt5 ŋ21 jy:13
15
朝搴阰之木蘭兮，夕攬洲之宿莽。
tsi:u55 tsi:n35 pei35 tsi:55 mok2 la:n21 hɐi21 tsɪk2 la:m13 tsɐu55 tsi:55 sok5 mou13
17
日月忽其不淹兮，春與秋其代序。
jɐt2 jy:t2 fɐt5 kei21 pɐt5 ji:m55 hɐi21 tshɵn55 jy:13 tshɐu55 kei21 tɔ:i22 tsɵy:22

19
惟 草 木 之 零 落 兮， 恐 美 人 之 遲 暮。
wɐi21 tsʰou35 mʊk2 tsiː55 lɪŋ21 lɔːk2 hɐi21 hʊŋ35 mei13 jɐn21 tsiː55 tsʰiː21 mouː22
21
不 撫 壯 而 棄 穢 兮， 何 不 改 乎 此 度 也。
pɐt5 fuː35 tsɔːŋ33 jiː21 hei33 wɐi33 hɐi21 hɔː21 pɐt5 kɔːi35 fuː21 tsʰiː35 tou22 jaː13
23
乘 騏 驥 以 馳 騁 兮， 來 吾 道 夫 先 路。[......]
sɪŋ21 kʰei21 kʰei33 jiː13 tsʰiː21 tsʰɪŋ35 hɐi21 lɔːi21 ŋ21 tou22 fuː21 siːn55 lou22

陳潔淮吟誦調

陳潔淮 (1937–2004)，號孤往齋，廣東澄海人。經緯書院國學研究所畢業，從陳湛銓學。畢業後任華僑書院（後併入聯合書院）中文系教授，其後於香港中文大學校外進修部（今香港中文大學專業進修學院）擔任講師，主講《易經》。上世紀 90 年代開始於學海書樓國學講座，講授《孟子》、「四部選粹」、《文選》等。2003 年於香港電台「長者進修學院」主講「易學《易經》」節目。著有《說文解字入門》、《說文解字導讀》、〈莊學概說〉、〈莊子秋水篇講疏〉。

是次調查，從莫羅妙馨捐贈之 1991 年學海書樓「莊子」講課錄音中發現 *《莊子 · 秋水》節選六段及李康〈運命論〉吟誦之片段，部分如「公孫龍問於魏牟曰」後半段，與陳湛銓吟誦調較為相似。因時間及人力所限，僅譯出〈運命論〉一首，其特徵如下：

音高

1. 〈運命論〉主要使用 5̣ 6̣ 7̣ 1 2 3 4 5 等音，間中使用變化音 #4̣ #5̣ #1 。分高、低兩層，[1] 高低兩層為純四度關係：

1 《莊子・秋水》有若干吟誦只有一層。

調尾值	高音層	低音層
5	5	1 ♯1 2 3
3	4	1 2
2	2	5̣ ♯5̣ 6̣ 7̣
1	♯1 2	♯4̣ 5̣ ♯5̣ 6̣

低音層最常用的樂音為 **2 1 6̣ 5̣** ，分別對應四層調尾值，如：

	1	以	仲	尼	之	才	也
樂音		**1**	**6̣**	**5̣**	**2**	**5̣**	**1**
調尾值		3	2	1	5	1	3

高、低音層交替，高音層在前，低音層在後，可參照 11–12（高）、13–14（低）；15–16（高）、17–18（低）；31（高）、32（低）；33–35（高）、36（低）。

2. 調尾值 2 與 1（即陽平、陽去及陽入）部分合併：

	29	行	高	於	人	33	志	士	仁	人
樂音		**5̣**	**♯1**	**♯1**	**5̣**		**4**	**2**	**2**	**2**
調尾值		2			1			2	1	1

但亦有不合併者，如上引 1「以仲尼之才也」。此外有少數調尾值 3 與 2 合併者，均為陽去 – 陽上組合：

	9	之	行	也	21	其	不	遇	也
樂音		**2**	**1**	**1**		**5̣**	**2**	**1**	**1**
調尾值			2	3				2	3

腔型

基本上一字一音，無特殊腔型。少數陰平調用 **2 1** 或 **3 2** 腔型（含倚音），如 3「於」、8「於」、10「於」、32「車」。

節奏

節奏較自由多變，一般於句末延長或停頓，節奏點上（尤其平聲字）可略為延長或停頓。

其他特徵

1. 使用「呢」、「係」、「呢個係」等襯字。
2. 句末陽平調的疑問詞「乎」、「邪（耶）」，有時吟作 **6̣ 2/5̣ 2**（見《莊子・秋水》各段）。

李康〈運命論〉選段

陳潔淮吟　1991年

李梓成　記譜

部分樂音記譜時曾作調整。

♩ = 68
以仲尼之智也，
ji:13 tsoŋ22 nei21 tsi:55 tsi:33 ja:13
而屈厄於陳蔡；
ji:21 wet5 a:k5 jy:55 tsʰen21 tsʰɔ:i33
以仲尼之行也，
ji:13 tsoŋ22 nei21 tsi:55 heŋ22 ja:13
而招毀於叔孫。
ji:21 tsi:u55 wei35 jy:55 sok5 sy:n55
夫道足以濟天下，
fu:21 tou22 tsok5 ji:13 tsei33 tʰi:n55 ha:22
而不足貴於人；
ji:21 pet5 tsok5 kʷei33 jy:55 jen21
言足以經萬世，
ji:n21 tsok5 ji:13 kɪŋ55 ma:n22 sei33
而不見信於時；
ji:21 pet5 ki:n33 søn33 jy:55 si:21
行足以應神明，
heŋ22 tsok5 ji:13 jɪŋ33 sen21 mɪŋ21
而不能彌綸於俗；
ji:21 pet5 neŋ21 nei21 løn21 jy:55 tsok2

應聘七十國，而不一遇人主；
驅驟於蠻夷之域，
屈辱於公卿之門，其不遇也如此。[......]
= 60
夫忠直之迕於主，獨立之負於俗，
(呢個係)理勢然也。故木秀於林，

風必摧之； 堆出於岸， 流必湍之；
fʊŋ55 piːt5 tsʰøy55 tsiː55 tøy55 tsʰøt5 jyː55 ŋɔːn22 lɐu21 piːt5 tʰyːn55 tsiː55
行高於人， 眾必非之。
hɐŋ22 kou55 jyː55 jɐn21 tsʊŋ33 piːt5 fei55 tsiː55
前監不遠， 覆車繼軌。 然 志士仁人，
tsʰiːn21 kaːm33 pɐt5 jyːn13 fʊk5 køy55 kɐi33 kʷɐi35 jiːn21 tsiː33 siː22 jɐn21 jɐn21
猶蹈之而弗悔， 操之而弗失，
jɐu21 tou22 tsiː55 jiː21 fɐt5 fuːi33 tsʰou55 tsiː55 jiː21 fɐt5 sɐt5
何哉（呢）？ （係）將以遂志而成名也。
hɔː21 tsɔːi55 nɛː55 hɐi22 tsœːŋ55 jiː13 søy22 tsiː33 jiː21 sɪŋ21 mɪŋ21 jaː13

38
求遂其志，而蹈風波於險塗；
kʰɐu21 søy22 kʰei21 tsiː33 jiː21 tou22 fʊŋ55 pɔː55 jyː55 hiːm35 tʰou21
40
求成其名，而歷謗議於當時。
kʰɐu21 sɪŋ21 kʰei21 mɪŋ21 jiː21 lɪk2 pʰɔːŋ33 jiː13 jyː55 tɔːŋ55 siː21
42
彼所以取之，蓋有算矣。[......]
pei35 sɔː35 jiː13 tsʰøy35 tsiː55 kʰɔːi33 jɐu13 syːn33 jiː13

黃耀堃吟誦調

黃耀堃，1953 年生於澳門。香港中文大學中國語言及文學系畢業，1978 年獲日本文部省獎學金入讀京都大學，獲文學碩士及文學博士。回港後任香港中文大學中國語言及文學系教授，現為香港恒生大學客座教授、新亞書院資深書院導師。研究興趣為漢語音韻學、楚辭學、古典文學及文獻學，著有《音韻學引論》、《論銳變中的香港語文》、《黃耀堃語言學論文集》、《唐字音英語和二十世紀初香港粵方言的語音》(與丁國偉合著) 等。

本書收錄兩首吟誦作品，均為黃耀堃於 2021 年 6 月錄製。據黃耀堃自述，當時除出席《楚辭》課外，亦曾參加常宗豪的書法興趣班，吟誦調即從常宗豪而來。此外，黃耀堃於參加面試時，曾提及張繼〈楓橋夜泊〉一詩，常宗豪隨口吟誦，本書即收錄了〈楓橋夜泊〉的吟誦譯譜。黃耀堃自評所吟兩首作品，以《文心雕龍 · 辨騷》較接近常宗豪吟誦調，當中個別字詞的特殊讀法均依照常宗豪的指導。因兩篇作品詞樂關係相同之處頗多，以下合併討論：

音高

1. 本吟誦調使用音域頗窄，只有 6 $\dot{1}$ $\dot{2}$ 三音，且與聲調對應非常緊密：

調尾值	樂音
5	$\dot{2}$
3	$\dot{1}$
2	6
1	6

2. 調尾值 2 與 1（即陽平、陽去及陽入）基本上完全合併，與常宗豪吟誦調完全相同：

	城	外	寒	山	寺
樂音	6	6	6	$\dot{2}$	6
調尾值	1	2	1		2

〈楓橋夜泊〉3

	羿	澆	二	姚
樂音	6	6	6	6
調尾值	2	1	2	1

《文心雕龍・辯騷》22

譯譜中只有一處清楚分辨調尾值 2 與 1：[1]

	王	逸	以	為
樂音	6	7	$\dot{1}$	6
調尾值	1	2		1

《文心雕龍・辯騷》31

3. 常宗豪吟誦調分高音及低音兩層，黃耀堃吟誦調則只保留高音層。這裏以常宗豪吟 *《文心雕龍・辯騷》(見「二十世紀香港粵語吟誦典藏」網頁)為例比較：

1 常宗豪「王逸」二字同配 6 音。

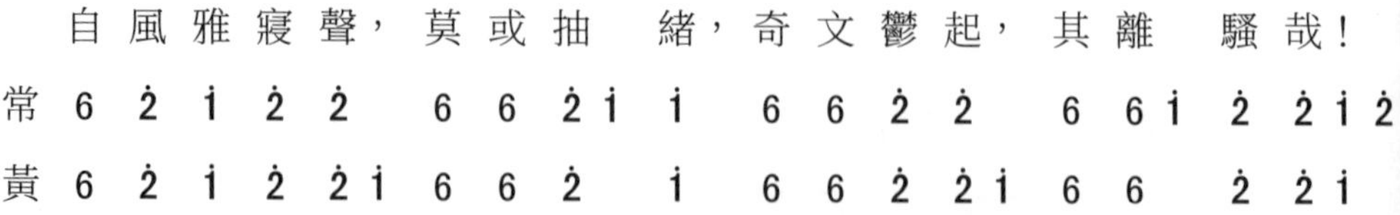

	自	風	雅	寢	聲，	莫	或	抽	緒，	奇	文	鬱	起，	其	離	騷	哉！
常	6	2̇	1̇	2̇	2̇	6	6	2̇1̇	1̇	6	6	2̇	2̇	6	61̇	2̇	2̇1̇2̇
黃	6	2̇	1̇	2̇	2̇1̇	6	6	2̇	1̇	6	6	2̇	2̇1̇	6	6	2̇	2̇1̇

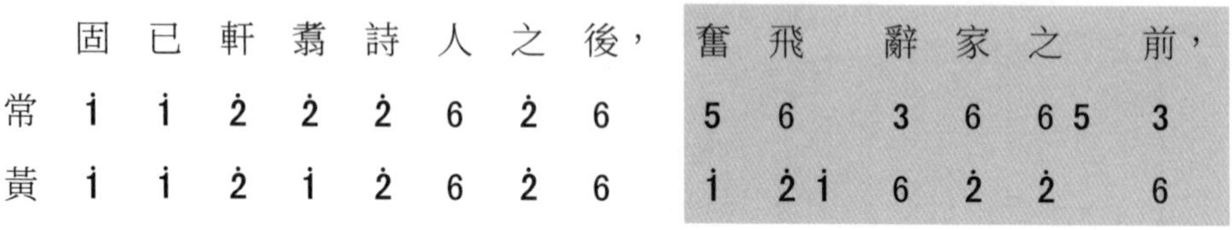

	固	已	軒	翥	詩	人	之	後，	奮	飛	辭	家	之	前，
常	1̇	1̇	2̇	2̇	2̇	6	2̇	6	5	6	3	6	65	3
黃	1̇	1̇	2̇	1̇	2̇	6	2̇	6	1̇	2̇1̇	6	2̇	2̇	6

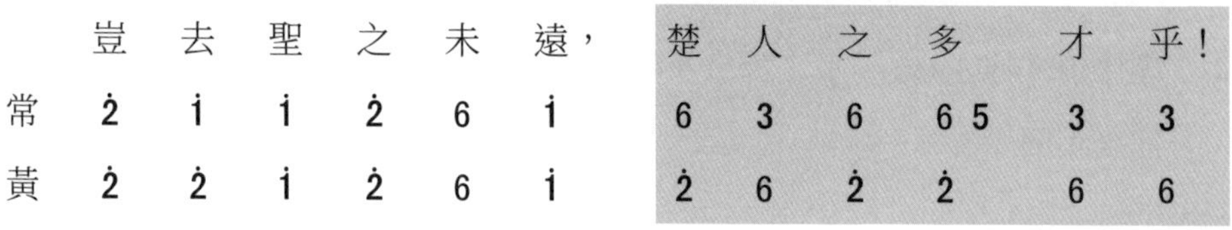

	豈	去	聖	之	未	遠，	楚	人	之	多	才	乎！
常	2̇	1̇	1̇	2̇	6	1̇	6	3	6	65	3	3
黃	2̇	2̇	1̇	2̇	6	1̇	2̇	6	2̇	2̇	6	6

腔型

陰平調延長，多用 2̇ 1̇ 腔型。如〈楓橋夜泊〉2–4「楓」、「蘇」、「聲」，《文心雕龍．辨騷》1「聲」、4「哉」。

節奏

1. 七絕第二、四字平聲均延長至兩拍或以上（可以停頓代替）。第四字平聲可停頓，仄聲可停可不停。末字不論平仄均延長至兩拍或以上。
2. 《文心雕龍・辨騷》節奏較快，具躍動感。一般而言，節奏點不論平仄，均可稍為延長，其中以四言句節奏最具特色，作 X X͡X X X 0（末字可延長），五言如為 1+4 結構者，後四字節奏同此（如 10「而淮南作傳」、25「非經義所載」）。

3. 常宗豪吟誦調中，句中一般有兩處停頓（可以延長代替），偶爾減省為一處。黃耀堃吟誦調則簡化為只有一處延長或停頓，即附句腰者在第三字後，無句腰者在第二或第四字後。

張繼〈楓橋夜泊〉

黃耀堃吟　2021年
李梓成　記譜

《文心雕龍·辯騷》選段

黃耀堃吟　2021年
李梓成　記譜

9
昔 漢 武 愛 騷， 而 淮 南 作 傳，
sɪk55 hɔːn33 mou13 ŋɔːi33 sou55 jiː21 waːi21 naːm21 tsɔːk33 tsyːn22
11
以 為 國 風 好 色 而 不 淫，
jiː13 wɐi21 kwɔːk3 fʊŋ55 hou33 sɪk5 jiː21 pɐt5 jɐm21
12
小 雅 怨 誹 而 不 亂， 若〈離 騷〉者，
siːu35 ŋaː13 jyːn33 fei35 jiː21 pɐt5 lyːn22 jœːk2 lei21 sou55 tsɛː35
14
可 謂 兼 之。 蟬 蛻 穢 濁 之 中，
hɔː35 wɐi22 kiːm55 tsiː55 siːm21 tøy33 wɐi33 tsʊk2 tsiː55 tsʊŋ55
16
浮 游 塵 埃 之 外， 皭 然 涅 而 不 緇，
fɐu21 jɐu21 tsʰɐn21 ŋɔːi55 tsiː55 ŋɔːi22 tsiːu22 jiːn21 niːp3 jiː21 pɐt5 tsiː55

18
雖與日 月 爭 光 可 也。
sɵy55 jyː13 jɐt2 jyːt2 tsɐŋ55 kʷɔːŋ55 hɔː35 jaː13
20
班固 以為 露才 揚己，忿懟 沉江。
paːn55 kuː33 jiː13 wɐi21 lou22 tsʰɔːi21 jœːŋ21 kei35 fɐn13 tɵy33 tsʰɐm21 kɔːŋ55
22
羿 澆 二 姚， 與 左 氏 不 合；
ŋɐi21 ŋou21 jiː22 jiːu21 jyː13 tsɔː35 siː22 pɐt5 hɐp2
24
崑 崙 懸 圃， 非 經 義 所 載。
kʰɐn55 lɵn21 jyːn21 fuː35 fei55 kɪŋ55 jiː22 sɔː35 tsɔːi33
26
文 辭 麗 雅， 為 詞 賦 之 宗，
mɐn21 tsʰiː21 lɐi22 ŋaː13 wɐi21 tsʰiː21 fuː33 tsiː55 tsʊŋ55

28
雖非　明哲，　可謂　妙　才。
søy55 fei55 mɪŋ21 tsiːt3 hɔː35 wɐi22 miːu22 tshɔːi21
31
王逸以為詩人之提耳，　屈原婉順。
wɔːŋ21 jɐt2 jiː13 wɐi21 siː55 jɐn21 tsiː55 thɐi21 jiː13 wɐt5 jyːn21 jyːn35 søn22
33
〈離騷〉之文，　依經立義。
lei21 sou55 tsiː55 mɐn21 jiː55 kɪŋ55 lɐp2 jiː22
35
駟虯乘鷖，則時乘六龍；
siː33 khɐu21 sɪŋ21 ŋɐi33 tsɐk5 siː21 sɪŋ21 lʊk2 lʊŋ21
37
崑崙流沙，則〈禹貢〉敷土。
khɐn55 løn21 lɐu21 saː55 tsɐk5 jyː22 kʊŋ33 fuː55 tou35

名 儒 辭 賦， 莫 不 擬 其 儀 表，
mɪŋ21 jyː21 tsʰiː21 fuː33 mɔːk2 pɐt5 jiː13 kʰei21 jiː21 piːu35
所 謂 金 相 玉 振， 百 世 無 匹 者 也。[......]
sɔː35 wɐi22 kɐm55 sœːŋ33 jʊk2 tsɐn33 paːk3 sɐi33 mou21 pʰɐt5 tsɛː35 jaː13
贊 曰： 不 有 屈 原， 豈 見〈離 騷〉。
tsaːn33 jœːk2 pɐt5 jɐu13 wɐt5 jyːn21 hei35 kiːn33 lei21 sou55
驚 才 風 逸， 壯 志 煙 高。
kɪŋ55 tsʰɔːi21 fʊŋ55 jɐt2 tsɔːŋ33 tsi33 jiːn55 kou55
山 川 無 極， 情 理 實 勞，
saːn55 tsʰyːn55 mou21 kɪk2 tsʰɪŋ21 lei13 sɐt2 lou21

50
2̇ 1̇ 6 2̇ 0 6 6 2̇ 6 –
金 相 玉 式， 豔 溢 錙 毫。
kɐm55 sœːŋ33 jʊk2 sɪk5 jiːm22 jɐt2 tsiː55 hou21

郭偉廷吟誦調

郭偉廷，1961 年生，中山大學文學博士，先後執教於香港公開大學（即今香港都會大學）、香港教育學院（即今香港教育大學）及香港樹仁大學，榮休前任香港恒生大學助理教授。研究興趣為中國古典詩文及戲曲史。自 2006 年起參與香港公共圖書館與學海書樓合辦之國學講座，另著有《元雜劇的插科打諢藝術》、〈蘇文擢先生回穗詩、還鄉詩研究〉、〈邃加室詩用典藝術初探〉等，並參與《廖恩燾詞箋注》中《影樹亭和詞摘存》之箋注工作，古典詩詞創作收錄於《嶺雅》、《香港名家近體詩選》等。

2021 年 8 月，郭偉廷接受本計劃「白雪高吟」訪談邀請，暢談其吟誦調師承蘇文擢的經過、學習韻律誦的心得，及吟誦應用與保育等。[1] 本書收錄兩首七絕吟誦，均為「白雪高吟」訪談間錄製。此外 2021 年第三屆「露港秋唱」影片中，郭偉廷曾吟誦作品四首，讀者可一併參考。其七絕兩首吟誦特徵如下：

1 「白雪高吟 ——『二十世紀香港粵語吟誦調流派及詞樂特徵』計畫訪談」，https://dsprojects.lib.cuhk.edu.hk/en/projects/20th-cantonese-poetry-chanting/interview/，登錄於 2022 年 4 月 17 日。

音高

1. 本吟誦調使用 4̣ 5̣ 7̣ 1 2 4 等音，另倚音亦使用 3：

調尾值	樂音
5	2 4
3	1
2	7̣
1	4̣ 5̣

2. 調尾值 3 及 2 所配樂音音域較窄，極端調尾值 5 及 1 所配樂音自由度較大。

腔型

1. 陰平調延長，使用 4 2 、 4 2 4 、 2 4 三種腔型。 4 2 常見於句末：

	度	陰	山	雪	半	銷
樂音	7̣	4	4 2	1	1	4 2
調尾值			5			5

〈出塞〉4　　〈除夜自石湖〉1

4 2 4 則較常見於句中：

	萬	里	長	征	細	草	穿	沙
樂音	7̣	1	5̣	4 2 4	1	2	4	4 2 4
調尾值				5				5

〈出塞〉2　　〈除夜自石湖〉1

2 4 腔型僅一見，可視為 4 2 4 的簡略形式：

	梅	花	竹	裏
樂音	5̣	2 4	2	1 7̣
調尾值		5		

〈除夜自石湖〉3

2. 陽平調腔型 7̣ 5̣ 僅見於句末：

	人	未	還	到	石	橋
樂音	5̣	7̣	7̣ 5̣	1	7̣	7̣ 5̣
調尾值			1			1

〈出塞〉2　　〈除夜自石湖〉4

3. 第二或第四字為陽平聲，可後加 2 ，與後字形成先升後降的音程。此一腔型在本書所載兩首絕句中並不明顯，但「露港秋唱」所表演的四首則頗為突出：

	鄉	懷	隔	歲	關	情	合	是
樂音	2	5̣ 2	1	1	2	5̣ 2	7̣	7̣
調尾值		1	3			1	2	

*〈立秋遣興〉3　　〈立秋遣興〉7

	秦	時	明	月
樂音	5̣	5̣ 2	5̣	7̣
調尾值		1	1	

〈出塞〉1

4. 後字調尾值為 5，除陽平字配 2（或 3）外，後字亦配 2（或 3）之倚音，再降至較低樂音以表示降程。

	龍	城	飛	將	羅	浮	頂	上
樂音	5	5 3	3 1	1	5	5 2	2 1	7
調尾值		1	5			1	5	

〈出塞〉3　　　　*〈白梅〉1

調尾值 3（陰去、陽上）在停頓處或句末也可配 1 7：

	梅	花	竹	裏	無	人	見
樂音	5	2 4	2	1 7	5	5	1 7
調尾值				3			3

〈除夜自石湖〉3

節奏

第二字如為平聲即延長，第四字及末字不論平仄均延長或停頓。

王昌齡〈出塞〉

郭偉廷吟　2021年
李梓成　記譜

姜夔〈除夜自石湖返苕溪十首〉其一

郭偉廷吟　2021年
李梓成　記譜

嚴志雄吟誦調

嚴志雄，1963 年生，香港中文大學哲學碩士，美國耶魯大學博士。曾任台灣中央研究院中國文哲研究所研究員、國立清華大學中國文學系合聘教授，2015 年起任香港中文大學中國語言及文學系教授，並創立中國古典詩學研究中心。研究興趣為明清詩文、文學理論、嶺南文學等，著有專書 *The Poet-historian Qian Qianyi*、《錢謙益〈病榻消寒雜咏〉論釋》、《秋柳的世界——王士禛與清初詩壇側議》、《牧齋初論集——詩文、生命、身後名》、《錢謙益的「詩史」理論與實踐》等，另編著函可《千山詩集》、《落木菴詩集輯箋》。曾獲台灣中央研究院「人文及社會科學學術性專書獎」及科技部「傑出研究獎」。

嚴志雄積極推廣古詩詞吟誦，並帶領中國古典詩學研究中心舉辦「露港秋唱」。是次調查，即參考歷屆「露港秋唱」吟誦作品五首及上載 YouTube 之錢謙益詩吟誦一首，此外又邀請其灌錄吟誦作品兩首，即本書所收譯譜之內容。2021 年 7 月，嚴志雄參與拍攝本計劃「白雪高吟」訪談，當中提及大學時代，曾在課上聽到常宗豪及蘇文擢的吟誦，深受感動，但「個人受到感化的，應以常公的吟誦較多」。嚴志雄在學習常宗豪吟誦調的基礎之上，打破了常宗豪吟誦調中多用襯字和滑音的規律，「不做其他花巧的東西，

[……] 這一種方式是反樸歸真，是一個方便法門」，只「在平聲字的地方將之延長」。[1] 以下簡單歸納譯譜所體現的詞樂關係，並與常宗豪吟誦調比較，以見其獨創之處。

音高

1. 與常宗豪吟誦調分高、低兩層不同，本吟誦調分高、中、低三層，[2] 因此音域較廣，主要使用 2̣ 3̣ 4̣ 5̣ 6̣ 1 2 3 4 5 6 7 1̇ 等音。〈宣州謝朓樓餞別校書叔雲〉各調所配樂音如下：

調尾值	高音層	中音層	低音層
5	5 6 7 1̇	3 2	5̣ 6̣ 1
3	4 5	1	4̣ 5̣
2	2 3	6̣	3̣
1	1 2	4̣ 5̣	2̣

〈歸去來兮辭〉在低音層所配樂音略有不同：

調尾值	高音層	中音層	低音層
5	5 6	2 3	4̣ 5̣
3	4 5	1 2	4̣
2	2 3	6̣	2̣
1	1 2	4̣ 5̣	1̣

1 「白雪高吟 ── 『二十世紀香港粵語吟誦調流派及詞樂特徵』計畫訪談」，https://dsprojects.lib.cuhk.edu.hk/en/projects/20th-cantonese-poetry-chanting/interview/，登錄於 2022 年 4 月 17 日。

2 *〈癸卯中夏六日重題長句二首〉其一吟誦只有高、中兩層。

各層可自由配合使用，一般而言，較高者在前句，較低者在後句（即高-中或中-低）。嚴志雄於 2019 年及 2021 年「露港秋唱」，均曾吟〈宣州謝朓樓餞別校書叔雲〉，與本書譯譜比較，可見各層組合並不完全相同：

句	本書	2019	2021	句	本書	2019	2021
1	高	高	高	7	高	中	高-中
2	中	中	中	8	高	中	中
3	中	中	中	9	中	低	低
4	中	中	中	10	中	低	低
5	低	中	低	11	中	中	高
6	低	高	低	12	中	中	高

以下比較常宗豪及嚴志雄所吟〈離騷〉前四句，可見兩者所配音層並不完全相同：

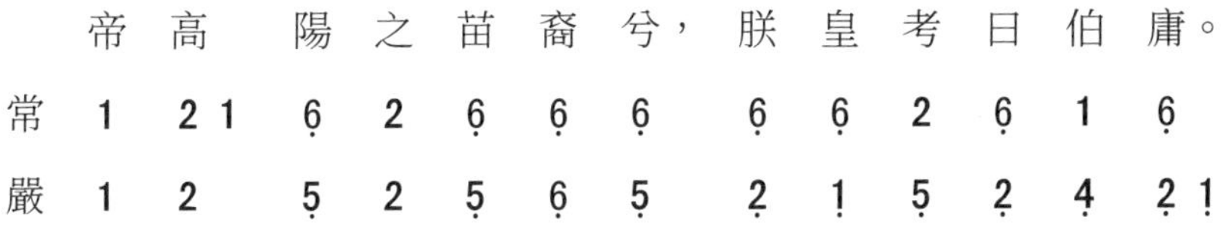

	帝	高	陽	之	苗	裔	兮，	朕	皇	考	曰	伯	庸。
常	1	2 1	6̣	2	6̣	6̣	6̣	6̣	6̣	2	6̣	1	6̣
嚴	1	2	5̣	2	5̣	6̣	5̣	2̣	1̣	5̣	2̣	4̣	2̣ 1̣

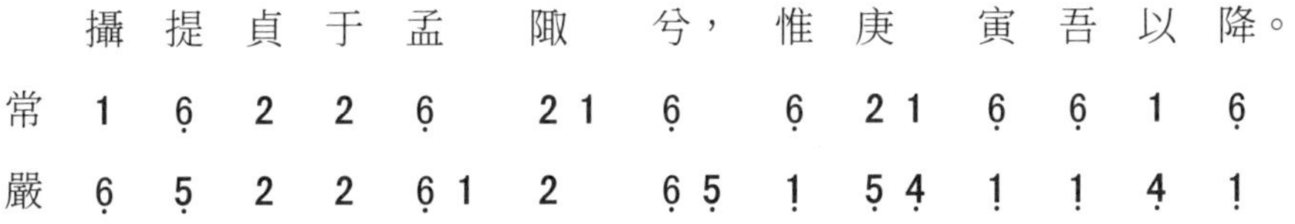

	攝	提	貞	于	孟	陬	兮，	惟	庚	寅	吾	以	降。
常	1	6̣	2	2	6̣	2 1	6̣	6̣	2 1	6̣	6̣	1	6̣
嚴	6̣	5̣	2	2	6̣ 1	2	6̣ 5̣	1̣	5̣ 4̣	1̣	1̣	4̣	1̣

2. 本吟誦調無調尾值 2 與 1 合併現象，與常宗豪吟誦調不同。

腔型

本吟誦調以一字一音為主，僅陰平調偶爾使用 7 6（高）、 2 1（中）、6 5 及 5 4（低）腔型（包括倚音），如〈宣州謝朓樓餞別校書叔雲〉3「秋」、6「清」、8「天」;〈歸去來兮辭〉31「將」。

節奏

1. 一般於節奏點延長或停頓，平聲字音值較長。雙數句末三字可全部延長，有時則第六字不延長，第五字延長或停頓，[3] 與常宗豪吟誦調句中只有兩處延長或停頓的做法不同。
2. 〈歸去來兮辭〉四言句基本節奏為 X X X X 。「□□□○□□」句式基本節奏為 X X X X X X X X 0 ，第一字較第二字長，第四字（句腰）較第五字長。句腰前偶爾延長或停頓，雙數句末三字可全部延長。

3 此一特色在〈癸卯中夏六日重題長句二首〉中較為明顯。

李白〈宣州謝朓樓餞別校書叔雲〉

嚴志雄吟　2021年

李梓成　記譜

原吟誦 7-8 小節部分樂音為 D 調，譯譜時統一改為 E♭調。

原吟誦 7–8 小節部分樂音為 D 調，譯譜時統一改為 E♭調。

舉杯銷愁愁更愁。
kɵy35 pu:i55 si:u5 sɐu21 sɐu21 kɐŋ33 sɐu21
人生在世不稱意，
jɐn21 sɐŋ55 tsɔ:i22 sɐi33 pɐt5 tsʰɪŋ33 ji:33
明朝散髮弄扁舟。
mɪŋ21 tsi:u55 sa:n33 fa:t3 nʊŋ22 pʰi:n55 tsɐu55

陶潛〈歸去來兮辭〉

嚴志雄吟　2021年
李梓成　記譜

部分樂音記譜時曾作調整。

舟遙遙以輕颺，風飄飄而吹衣。
tseu55 ji:u21 ji:u21 ji:13 hɪŋ55 jœ:ŋ21 fʊŋ55 pʰi:u55 pʰi:u55 ji:21 tsʰɵy55 ji:55
問征夫以前路，恨晨光之熹微。
mɐn22 tsɪŋ55 fu:55 ji:13 tsʰi:n21 lou22 hɐn22 sɐn21 kʷɔ:ŋ55 tsi:55 hei55 mei21
乃瞻衡宇，載欣載奔。
na:i13 tsi:m55 hɐŋ21 jy:13 tsɔ:i33 jɐn55 tsɔ:i33 pɐn55
僮僕歡迎，稚子候門。
tʰʊŋ21 pʊk2 fu:n55 jɪŋ21 tsi:22 tsi:35 hɐu22 mu:n21
三徑就荒，松菊猶存。
sa:m55 kɪŋ33 tsɐu22 fɔ:ŋ55 tsʰʊŋ21 kʊk5 jɐu21 tsʰy:n21

19
5 1 0 6 2 0 1 2 5 5 2 2 –
攜 幼 入室， 有 酒 盈 樽。
kʰʷɐi21 jɐu33 jɐp2 sɐt5 jɐu13 tsɐu35 jɪŋ21 tsøn55
21
4 1 5 0 4 2 4 1 5 2 0 1 5 5 –
引 壺 觴 以 自 酌， 眄 庭 柯 以 怡 顏。
jɐn13 wuː21 sœːŋ55 jiː13 tsiː22 tsœːk33 miːn13 tʰɪŋ21 ŋɔː55 jiː13 jiː21 ŋaːn21
23
2 5 2 0 1 1 6 0 2 5 2 0 2 6 2 –
倚 南 窗 以 寄 傲， 審 容 膝 之 易 安。
jiː13 naːm21 tsʰœːŋ55 jiː13 kei33 ŋou22 sɐm35 jʊŋ21 sɐt5 tsiː55 jiː22 ŋɔːn55
25
5 6 1 1 5 1 0 5 2 1 5 5 – 2 –
園 日 涉 以 成 趣， 門 雖 設 而 常 關。
jyːn21 jɐt2 siːp3 jiː13 sɪŋ21 tsʰøy33 muːn21 søy55 tsʰiːt3 jiː21 sœːŋ21 kʷaːn55
27
4 1 4 0 4 1 4 5 2 2 0 5 5 2 – 0
策 扶 老 以 流 憩， 時 矯 首 而 遐 觀。
tsʰaːk3 fuː21 lou13 jiː13 lɐu21 hei33 siː21 kiːu35 sɐu35 jiː21 haː21 kuːn55

29
♩= 40 più mosso 稍快些
5 · 5 2 5 2 6 · 1 6 2 0 4 · 2 4 –
雲 無 心 而 出 岫， 鳥 倦 飛 而 知 還。
wɐn21 mou21 sɐm55 ji:21 tsʰɵt5 tsɐu22 ni:u13 ky:n22 fei55 ji:21 tsi:55 wa:n21
31
5 4 4 0 4 5 4 2 4 4 1 · 1 1 1 –
景 翳 翳 以 將 入， 撫 孤 松 而 盤 桓。[......]
kei35 ŋɐi33 ŋɐi33 ji:13 tsœ:ŋ55 jɐp2 fu:35 ku:55 tsʰʊŋ21 ji:21 pʰu:n21 wu:n21

吟誦資料選萃

歐陽德穎、蕭振豪 整理

一、粵語吟誦文獻

- 蘇文擢：〈朗誦四講〉，《淺語集》，香港：華南印刷製版公司，1978 年，頁 234–268；後收入蘇文擢：《邃加室講論集》，香港：出版社不詳，1986 年，頁 387–422。

  本文為蘇文擢 1971 年於香港中文大學校外進修部講座之講稿，講述朗誦簡史、句讀、格律、句法、讀音、抑揚、感情表達與動作等。文中又涉及朗誦與吟誦之差異，並分別稱之為台詞誦與韻律誦。《邃加室講論集》又收入〈朗誦的要點〉及〈朗誦與文學修養〉二文，均針對朗誦而略及吟誦，可一併參看。

- 招祥麒：《粵語吟誦的理論與實踐》，香港：商務印書館（香港）有限公司，2018 年。

  本書採納蘇文擢韻律誦及台詞誦一說，探究吟誦淵源及其發展，兼及粵語吟誦技巧及教學等問題。書末附 QR 碼及 CD 光碟，載招祥麒吟誦錄音及錄像共 36 首，吟腔屬蘇文擢吟誦調。

- 呂君愾：《格律詩詞常識、欣賞和吟誦》，北京：中國人民大學出版社，2015 年。

  前半為詩詞格律、選析及作法常識，第五篇「粵語吟誦」為朱庸齋吟誦調教學，主張利用「平聲定音法」，從朗誦變為吟誦，並附簡譜練習，在吟誦教學書籍中別具一格。

- 董就雄：〈分春館詞人吟誦特色析論〉，《嶺南文史》總 131 期 (2018 年)，頁 18–30。

  本文介紹朱庸齋 (1920–1983) 分春館吟誦調之源流及其主要傳人姓名，並整理陳永正 (1941 年生)、呂君愾 (1939–2020) 的吟誦理論。本文分析分春館吟誦調之詞樂關係，指出將陰去、陽去、中入、陽入調吟為陽上調的情況較為普遍，此外又有若干變調情況，為分春館吟誦調之重要特色。

- Lam, Lap. "Cultural Identity and Vocal Expression: The Southern School Tradition of Poetry Chanting in Contemporary Guangzhou." *Chinese Literature: Essays, Articles, Reviews (CLEAR)* , Vol. 32 (2010), pp. 23–52.

  本文作者曾訪問分春館傳人呂君愾、蔡景康、蔡廷輝等，重新梳理分春館吟誦調的源流及文化意義，並附譯譜三首。本文認為粵語吟誦不但在歌唱藝術及古典詩詞的推廣上扮演重要角色，而且是分春館傳人在現代社會中自我實現、強化自我認同的工具。

- 二十世紀香港粵語吟誦典藏

  本計劃所設網站，由香港中文大學中國古典詩學研究中心及大學圖書館共同製作。網站涵蓋以下內容：

  1. 「白雪高吟」：嚴志雄及郭偉廷訪談
  2. 香港中文大學圖書館所藏「何叔惠先生講學錄音帶」、「陳湛銓錄音帶及數碼光碟」及「莫羅妙馨女士惠贈學海書樓錄音帶」中何叔惠、陳湛銓、蘇文擢、黃兆顯及常宗豪之部分吟誦錄音；

3. 香港中央圖書館所藏常宗豪學海講座之〈離騷〉吟誦錄音；
4. 本計劃所錄製之黃耀堃、郭偉廷及嚴志雄吟誦；
5. 楊利成整理〈因聲入情以文明道〉一文；
6. 中國古典詩學研究中心與大學圖書館合辦之「露港秋唱」古典詩詞文吟誦會片段；
7. 網上粵語吟誦資源之連結。

- 卞趙如蘭特藏

本特藏由音樂學家卞趙如蘭 (1922–2013) 及其女兒卞昭波分批於 2006 及 2014 年捐贈香港中文大學圖書館之文物組成，內容涵蓋卞趙如蘭舊藏書籍、手稿、筆記、教學資料、相片、影印資料、樂器等。其中除音樂史文獻及表演錄音外，更保留與二十世紀學人的大量往來書信，在學術史上亦具重要價值。[1] 本特藏中涉及大量吟誦材料，部分罕為人知，可分為以下數種：

1. 趙元任 (1892–1982)、楊步偉 (1889–1981) 常州方言吟誦，來源為：(1) 1969–1970 年期間卞趙如蘭錄製；(2) 1971 年中國演唱文藝研究會 (Chinese Oral and Performing Literature , CHINOPERL) 活動錄音。《趙元任　程曦吟誦遺音錄》(2009) 一書已收錄了部分錄音，但書中並未包括錄音帶中若干趙元任吟誦片段、卞趙如蘭與二人有關吟誦的對話，以至中國演唱文藝研究會表演的全部內容。楊步偉所錄大量常州方言吟誦錄音，未見學界專門整理，極具價值。
2. 程曦 (1919–1997) 普通話吟誦，1971 年中國演唱文藝研究會活動錄音，部分內容已收錄於《趙元任　程曦吟誦遺音錄》。[2]

1　有關卞趙如蘭特藏之成立經過及藏品簡介，可參閱關燕兒：〈後現代「愚公」卞趙如蘭教授〉，《二十一世紀雙月刊》總 126 期 (2011 年)，頁 100–104。

2　有關程曦生平考證，可參閱李國慶：〈現代雜劇作家程曦生平及著述考略〉，《上海師範大學學報 (哲學社會科學版)》第 46 卷第 2 期 (2017 年)，頁 118–126。

3. 葉嘉瑩 (1924 年生) 普通話吟誦，包括卞趙如蘭所錄製之吟誦訪談內容 (年份不詳)，及 1990 年國際詞學研討會吟誦表演，前者包括詩、詞、文吟誦共 24 首，誦讀詩詞 41 首。本特藏為壯、中年之錄音，尤為珍貴。
4. 1990 年國際詞學研討會吟誦表演錄音，包括陳邦炎 (1920–2016) 吟誦、施議對 (1940 年生) 模仿夏承燾 (1900–1986) 吟誦調、林順夫 (1943 年生) 台語吟誦等，其中與粵語有關者為余國藩 (1938–2015) 粵語吟誦。
5. 各家吟誦錄音，由葉嘉瑩錄製。內容包括蘇文擢粵語吟誦作品 11 首，另有戴君仁 (1901–1978)、陳邦炎、郭羅基 (1932 年生)、范曾 (1938 年生)、戴啟華、陳寶儀等吟誦錄音。其中戴君仁、陳邦炎、范曾吟誦作品數量較多，郭羅基及范曾於訪談中自述學習吟誦之經過，此前均未曾公開。
6. 吳語吟誦調錄音，吟誦者及年份不詳，男女各一人，共吟詞、文 9 首。

- 「粵講越有趣」詩詞網播

由黃修忻博士製作之網頁及 YouTube 頻道。黃修忻成長於香港，現居美國波士頓。粵語吟誦部分收錄何叔惠、江獻珠、簡鐵浩、陳耀南、黃兆漢、方鏡熹、李毓流、梁煥釗、梁立勳、招祥麒、董就雄、蕭振豪、朱庸齋、蔡國頌、陳永正、張桂光、呂君愾、曾秀瓊、郭應新、柯文亮、張思、朱令名、崔浩江、鄭敏華、鍾敏強、黎榮坤、黃少強、蔡庭輝、李國明、楊熒堅等人吟誦；非粵語吟誦包括楊步偉、戴君仁、葉嘉瑩、蕭善薌、趙元任、張雙慶、范桂芳等。部分片段包含作品賞析及訪談。

- 何叔惠老師選講歷代詩文

鳳山藝文院同人與國際經典文化協會合作，將何叔惠授課講義手稿及錄音整理上載，當中包括課上各體吟誦。

- 蘇文擢教授紀念網站

  由鳴社設立，收錄行述、珍貴照片、著作電子本、吟誦錄音、紀念文章、詩課選輯等，其中吟誦錄音「粵吟攬勝」收錄蘇文擢吟誦作品 20 首。「粵吟攬勝」曾一併收錄其他吟誦者作品，於「粵語吟誦暨紀念蘇文擢教授逝世二十周年研討會」上派發。

- 蘇文擢教授朗誦錄音

  鳴社會員製作，由學海書樓上載，包含蘇文擢各體吟誦作品 20 首。

- 粵語吟誦暨紀念蘇文擢教授逝世二十周年研討會

  2017 年 6 月 10 日於香港珠海學院舉辦之「粵語吟誦暨紀念蘇文擢教授逝世二十周年研討會」錄影片段，包括李育軒、徐自強、招明、董就雄、嚴力耕、鄧景濱、陳志清、劉衛林、施仲謀、陳耀南、謝偉國、王許樂、龔廣培、招祥麒、李婉華、單周堯、鍾志光、莫雲漢、余敏生、陳柱中等吟誦者表演。

- 致遠軒清吟

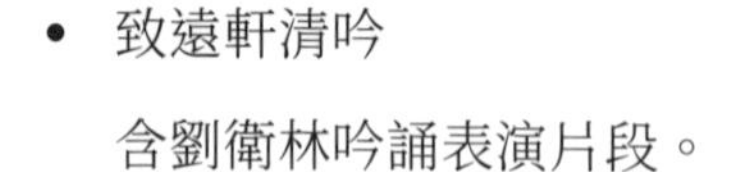

  含劉衛林吟誦表演片段。

二、非粵語吟誦文獻

- 趙敏俐主編：《吟誦研究資料彙編（古代卷）》，北京：中華書局，2018 年。

  趙敏俐主編：《吟誦研究資料彙編（現代卷）》，北京：中華書局，2018 年。

  古代卷收錄先秦至清末之吟誦文獻，並分為上中下三編。上編收錄吟誦起源、方法、功用及理論之相關文獻，中編收錄有關吟誦之事跡及詩文，下編為與吟誦相關之歌、讀等參考資料。現代卷收錄唐文治 (1865–1954) 至余光中 (1928–2017) 等四十八家發表於二十世紀二十至八十年代之吟誦論著，書末附「文獻索引」，羅列音像資料、吟誦論文、台灣及日本吟誦資料等。然古代卷所錄原文不一定全與吟誦有關，兼及誦、唱等內容，甚至收入聲韻學、詩律學、樂律乃至戲曲之相關資料，內容頗為蕪雜，使用時須加注意。

- 王霄蛟整理編輯：〈吟誦相關文獻索引（初編）〉，《中國詩歌研究動態·第九輯·古詩卷》，北京：學苑出版社，2011 年，頁 103–134。

  收錄 1894–2009 年中國內地、台灣、日本各地與吟誦有關之論著及影音資料，並附提要。

- 陳少松：《古詩詞文吟誦》，北京：社會科學文獻出版社，1999 年。

  陳少松：《古詩詞文吟誦導論》，北京：中華書局，2017 年。

  此書第一版名為《古詩詞文吟誦研究》，第二、三版改名《古詩詞文吟誦》，第四版改名為《古詩詞文吟誦導論》。本書介紹吟誦的歷史、各文體的吟誦方法、吟誦技巧、吟誦腔調，並附吟誦譯譜。新版增加了有關吟誦概念論爭、吟誦語言和吟誦教學的章節，並附吟誦光碟。本書作者學習唐文治吟誦調，為吟誦研究的重要著作。

- 秦德祥：《吟誦音樂》，北京：中國文聯出版社，2002 年。

  秦德祥：《「絕學」探微：吟誦文集》，上海：上海三聯書店，2010 年。

  這兩本論著均為有關吟誦的研究文集，內容圍繞吟誦釋義、常州吟誦調及唐調分析、吟誦傳承等。前者附有 1990–1998 年間採集的 11 位常州方言吟誦者的吟誦譯譜。

- 秦德祥、鍾敏、柳飛、金麗藻：《趙元任 程曦吟誦遺音錄》，北京：商務印書館，2009 年。

  本書包括趙元任及秦曦的吟誦錄音、吟誦譯譜及趙元任的吟誦論著及手稿。卞趙如蘭特藏所收較此書完備，可一併參看。

- 魏嘉瓚主編：《最美讀書聲：蘇州吟誦採錄》，武漢：長江文藝出版社，2014 年。

本書收錄蘇州 48 人的吟誦錄音，分為「吳方言吟誦」、「唐門師生吟誦」、「普通話和各地方言吟誦」三類，當中包括唐文治、錢仲聯及陳少松等人的錄音。光碟分「採錄版」及「精編版」，前者包括主持與吟誦者對話，共收作品 222 首，長約 10 數小時，包括唐文治在 1948 年錄製的吟誦內容；後者精選吟誦作品 64 首，是蘇州吟誦的重要原始材料。書中附部分簡譜記譜及吟誦論文。

- 朱立俠：《唐調吟誦研究》，北京：中國社會科學出版社，2015 年。

  本書以唐文治的唐調吟誦為主題，詳述唐調的來源、流傳情況、理論、腔調及價值。本書特別分析了唐調理論與桐城派的關係，可為桐城派研究者之資。

- 葉嘉瑩：《古典詩歌吟誦九講》，桂林：廣西師範大學出版社，2014 年。

  葉嘉瑩：《迦陵各體詩文吟誦全集》，桂林：廣西師範大學出版社，2021 年；新北市：英屬蓋曼群島商網路與書股份有限公司臺灣分公司，2022 年。

  《古典詩歌吟誦九講》為葉嘉瑩於 2013 年在南開大學為小學老師所辦講座的整理稿，除自述家學淵源外，正文部分主要為詩詞賞析，附錄「現場答疑」與吟誦較為相關。另附演講光碟。《迦陵各體詩文吟誦全集》收錄葉嘉瑩歷年各體吟誦作品共 310 首，附錄音 QR 碼、〈談古典詩歌中興發感動之特質與吟誦傳統〉、2009 年徐健順等人的採訪整理講稿，較完整地體現各體葉嘉瑩吟誦調的特色。可與卞趙如蘭特藏中之葉嘉瑩吟誦錄音互相對照。

- 魏子雲：《詩經吟誦與解說》，台北：萬卷樓圖書有限公司，1998 年。

  魏子雲、范李彬等吟誦《詩經》14 首之賞析、錄音及記譜。據其自述，其吟誦調「從兒時塾屋老師演繹來的」，因老師學習崑曲，故旋律帶有崑曲的風味，使用配樂及叶音。

- 王更生詩詞曲文吟唱

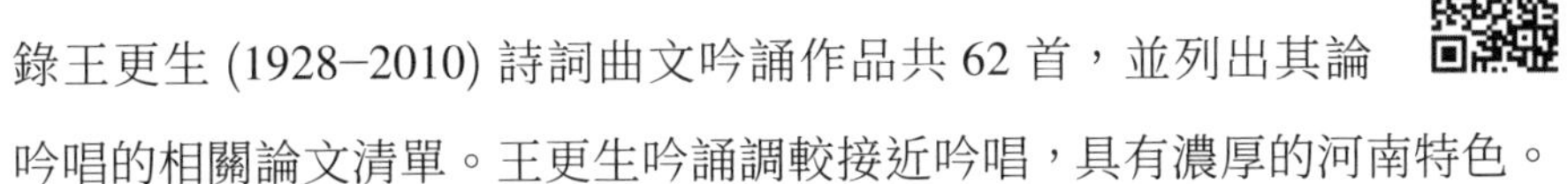

  錄王更生 (1928–2010) 詩詞曲文吟誦作品共 62 首，並列出其論吟唱的相關論文清單。王更生吟誦調較接近吟唱，具有濃厚的河南特色。
- 張清泉：《詩歌吟唱教學》，台北：麗文文化事業股份有限公司，2010 年。為李炳南 (1890–1986) 閩語吟誦調之教學及記譜，對依字行腔、吟唱教學實務的分析較為細緻。

三、歷屆「露港秋唱」活動紀要

自 2018 年起，香港中文大學中國語言及文學系中國古典詩學研究中心與香港中文大學圖書館合辦「露港秋唱」活動，邀請校內師生及海內外名家宿儒，交流粵語吟誦心得，至 2022 上半年已舉辦三屆 (2020 年因疫情取消)。1917 年，蘇澤東以陳伯陶 (1855–1930) 等人雅集宋皇臺所作詩詞編成《宋臺秋唱》，「露港秋唱」一名即據此仿作，以追香港傳統人文之豐茂，並誌吐露港畔吟誦之勝會。各屆活動紀要如下：

第一屆「露港秋唱」

- 日期：2018 年 9 月 7 日
- 地點：香港中文大學圖書館
- 「古典詩詞曲朗誦會 2018」表演者及吟誦作品 (僅錄粵語吟誦)：
  1. 陳永正：陳永正〈香港二十世紀舊體文學研討會奉和黃坤堯教授〉、陳永正〈臨江仙〉、張若虛〈春江花月夜〉
  2. 何乃文：何乃文〈即寄彭永滔詩家澳洲〉、何乃文〈題吳錫雄君臨智永千字文卷〉

3. 陳卓：陳卓〈病中吟〉、陳卓〈默哀〉并序
4. 劉衛林：李白〈夜泊牛渚懷古〉、劉衛林〈答和故人問疾〉
5. 李育林：諸葛亮〈出師表〉(節錄)
6. 董就雄：蘇軾〈永遇樂・徐州夜夢覺，北登燕子樓作〉、董就雄〈送余龍傑之海上用右丞《送祕書晁監還日本國》韻〉
7. 蕭振豪：顧炎武〈與次耕書〉
8. 嚴志雄：屈原〈離騷〉(節錄)
9. 劉浚槊：陳湛銓〈尖沙咀夜渡〉
10. 林立：柳永〈雨霖鈴〉

第二屆「露港秋唱」

- 日期：2019 年 10 月 24 日
- 地點：香港中文大學圖書館
- 活動一「嶺南詩詞吟誦薪傳工作坊」對談人及講題：
  1. 詩詞創作與吟誦：鄒穎文主持，何幼惠、陳卓對談
  2. 詩詞創作與吟誦：程中山主持，潘少孟、王錦洪、李裕韜對談
  3. 何叔惠吟誦調特色簡介：嚴志雄主持，蕭振豪主講
- 活動二「古典詩詞吟誦雅會 2019」表演者及吟誦作品(僅錄粵語吟誦)：
  1. 陳卓：《詩經・周南・關雎》、陳卓〈詩思〉、陳卓〈八十書懷〉其一及其二
  2. 莫雲漢：辛棄疾〈賀新郎・別茂嘉十二弟〉、朱彝尊〈高陽臺〉、莫雲漢〈沁園春〉、莫雲漢〈淚〉
  3. 潘少孟：蘇軾〈和子由澠池懷舊〉、陳湛銓〈春望用前韻〉、潘少孟〈鬢髮〉、潘少孟〈洪肇平教授有爽約寄程中山博士詩謹次其韻並柬程詞長〉
  4. 嚴志雄：李白〈宣州謝朓樓餞別校書叔雲〉、李白〈將進酒〉

5. 蕭振豪：陳寶琛〈感春四首〉其三及其四、陳寶琛〈次韻遜敏齋主人落花四首〉其三、其四
6. 岑堯炅：蘇軾〈江城子・湖上與張先同賦時聞彈箏〉、蘇軾〈定風波〉(莫聽竹林打葉聲)、蘇軾〈念奴嬌・赤壁懷古〉、蘇軾〈念奴嬌・夜歸臨皋〉
7. 劉浚槩：洪肇平〈臨江仙・過石塘咀潮青閣舊址追懷曾希穎師〉、洪肇平〈宴山亭・丙子秋日遣懷〉
8. 邱嘉耀：邱嘉耀〈聞兄去港赴京啞然悵然同諸生祖餞於白石角囍慶酒樓讌前有作二首〉其一及其二
9. 何丹鵬：白居易〈琵琶行〉(節錄)、柳永〈望海潮〉、屈大均〈紫萸香慢・送雁〉
10. 董就雄：李之儀〈卜算子〉、董就雄〈《梁佩蘭集校注》成書，欣喜莫名，乃擬吾夢與嶺南三大家對酌六瑩堂，藥亭先勸，余與翁山、獨漉隨之，兼設想諸人所語成《將進酒》一首，以申吾意〉
11. 董庭溱：陶潛〈歸去來辭〉

第三屆「露港秋唱」

- 日期：2021年10月11日
- 地點：香港中文大學圖書館
- 活動一「『二十世紀粵語吟誦典藏』簡介會」講者及講題：
  1. 「二十世紀粵語吟誦典藏」製作分享：邵潔怡主講
  2. 「詩酒絃歌滿海涯：陳湛銓、常宗豪、何叔惠、蘇文擢其人其詩簡介」：程中山主講
  3. 「二十世紀粵語吟誦典藏」錄音選萃
- 活動二「古典詩詞文吟誦雅會2021」表演者及吟誦作品(僅錄粵語吟誦，標*號者不克出席，僅播放錄音)：

1. * 劉衛林：蘇軾〈送劉攽倅海陵〉、馮延巳〈鵲踏枝〉
2. 潘少孟：蘇軾〈東欄梨花〉、柳永〈雨霖鈴〉、陳湛銓〈同无盦師登六榕寺塔最高層〉、潘少孟〈露港秋唱〉
3. 王錦洪：余英時〈壽錢賓四師九十〉、王錦洪〈露港秋唱集句次韻少孟兄〉
4. 李裕韜：陸游〈定風波・進賢道上見梅贈王伯壽〉、元好問〈茗飲〉、陳湛銓〈雜感〉、李裕韜〈讀《閱微草堂筆記・心鏡》有感〉
5. 杜鑑深：況周頤〈蘇武慢・寒夜聞角〉
6. 郭偉廷：蘇文擢〈立秋遣興〉、蘇文擢〈挽徐復觀教授（五首選一）〉、蘇文擢〈白梅（四首選一）〉、郭偉廷〈題簡園十石拓本〉
7. 董就雄：董就雄〈庚子中秋〉、蔣春霖〈渡江雲〉
8. 董庭均：柳永〈雨霖鈴〉
9. 董庭溱：蘇軾〈念奴嬌・赤壁懷古〉
10. 嚴志雄：李白〈遠別離〉、李白〈宣州謝朓樓餞別校書叔雲〉
11. * 嚴偉：嚴偉〈卅二生朝初度〉
12. 蕭振豪：陳寅恪〈輓王靜安先生〉、陳澧〈復曹葛民書〉（節錄）
13. 邱嘉耀：韓偓〈倚醉〉、邱嘉耀〈高陽臺・醉中讀韓偓詩〉、邱嘉耀〈木蘭花慢・效稼軒送月詞天問體〉
14. 陳康濤：杜甫〈登樓〉、高啟〈送滎陽公行邊〉
15. * 劉沁樂：熊潤桐〈丙子除夕〉、熊潤桐〈讀近代詩得十絕句（選二）〉
16. 劉浚椝：杜甫〈夢李白〉二首、姜夔〈暗香〉
17. 嚴瑋擇：李白〈送孟浩然之廣陵〉、〈古詩十九首・迢迢牽牛星〉
18. 崔鈺恒：蘇軾〈前赤壁賦〉

「一般清意味，料得少人知」
——後記

與吟誦的緣分，始於2000年的初夏。那時我不過是個懵懂的初中生，記不清是比賽獲勝還是成績優異，從學校得到幾張書券，於是和友人走進了商務印書館。沒有買學術書經驗的少年，選書品味實在不太可靠。書單中為何有戚繼光的《紀效新書》，至今仍是謎團，或許是被書中的兵器和練武圖眩惑。也許是樂譜的眩惑，當時也買了陳少松先生的《古詩詞文吟誦》。這本書不單把我引進吟誦的世界，書中引及姜夔《白石道人歌曲》的譯譜，促使我對宋代詞樂產生興趣，甚而以〈《白石道人歌曲》旁譜聲調論〉為題，撰寫本科畢業論文（後修改並改名為〈從白石道人歌曲旁譜初探南宋江西方言聲調〉發表）。如果當年買的是另一本書，不但這本《香港粵語吟誦手冊》可能不會面世，連學術興趣也可能截然不同。二十多年後，拙稿正由商務印書館出版，冥冥之中似乎早有安排。

1999年版的《古詩詞文吟誦》並未附有唐調吟誦的光碟，而且當時網上的影音資料極少，初學者只能對着譯譜邯鄲學步，無從得知所學正確與否。那時的我對吟和誦的區別似懂非懂，練習時往往唱多於吟，自得其樂地以吟誦調和琴歌背誦課文，有時甚至在課上吟誦，結果只惹來同學們的訕笑。唐

調本為吳語的吟誦調，傳承者為普及唐調而改用普通話。其腔調雖有古風，但畢竟並非母語，用於吟哦作品尚可，用於背誦詩詞文，對於習慣使用以粵語背誦的我來說，總覺扞格難通。後來在網上陸續聽到葉嘉瑩、王更生、錢仲聯、趙元任等名家，以至各地方言的吟誦調，五音紛呈，可是心中仍然隱然有懷：那個最熟悉的，最能與生活相接的粵語吟誦調呢？余生也晚，未能在大學課堂上親炙老先生，恭聆他們的吟誦；參與香港學校朗誦節，雖然也能聽到同學的吟誦，但始終各師其法，難言系統，帶表演性的吟誦也與真正的讀書調略有差距。

粵語在詞樂關係上極為特殊，在撰寫有關六朝隋唐詩律的博士論文時，「傳統平仄的對立如何在現代方言中體現」這一問題，始終在腦海中縈繞不去。當時我首先挑選南音作語料，發現南音既按照實際聲調，產生了「新平仄律」，另一方面又通過音長和腔型等機制，保留了傳統的平仄對立。當時網上開始出現何叔惠老師和粵語吟誦的錄音檔，這自然是上佳的研究材料。猶記得初次聽到何叔惠吟誦〈秋興八首〉，深覺一唱三嘆，風流有紹，大為震撼。然而何叔惠吟誦調頗為複雜，一時不易模仿，因此 2014 年我在日本中國語學會的年會中報告〈粵語吟誦調之新平仄律與詞樂關係〉一文，刻意採用類似手冊 (manual) 的格式，表列〈秋興八首〉中各項詞樂關係及音樂的特點，期望學術研究能同時應用於吟誦普及，其實兼有自度度人之意。這一框架，後來即成為本書的雛形。

這次「二十世紀香港粵語吟誦調流派及詞樂特徵」研究計劃，構想雖然明確簡易，實行起來卻一波三折。尤其是大學的文書往來，以及編輯技術上的細枝末節，最為磨人；後以疫祲作災，吟誦會與訪談的工作近於停擺，幾度延宕，不免令人半折心始。所幸衞奕信勳爵文物信託從申報階段起即以友善積極的態度應對，李詠詩女史更耐心解答各種程序問題。嚴志雄教授對我充分信任，除了准許以中國古典詩學研究中心的名義申報計劃，又參與了吟誦訪談、錄音、「露港秋唱」，最後又撥冗為拙著賜序，以「會須研味到清吟」期許後學，但願拙著未「遂負如來」。在前期的籌備階段，業師黃耀堃教授慷慨惠告吟誦者資料，聽老師娓娓道來宿儒當日種種，想見其人，忽覺那一去不返的時代並不遙遠。尤其老師鮮少在課堂上吟誦，多年以來，只聽過老師在課上信口放吟《文心雕龍·辯騷》首三句。這次老師為了拙著，特地賜吟全篇，在哦詠聲中，好像回到那無憂無慮的求學日子。樊善標教授、董就雄教授下贈蘇公錄音，黃修忻博士分享製作吟誦頻道的點滴，嚴偉先生負責居中斡旋，與何幼惠先生、黃兆顯教授等聯絡，並賜書「白雪高吟」及本書書題。沒有這幾位道夫先路，計劃的開展肯定更為坎坷，高情厚意，至以為感。

尋找吟誦錄音的階段卻意外地順利。或出於謙遜，或不以吟誦為專家之學，或因工作繁忙，或以年齒序列，出於各種原因，很多吟誦者不願意受訪或錄音，這為研究工作帶來了不小的挑戰。然而大學圖書館鄒穎文女史、前副館長劉麗芝博士和李麗芳女史除了引領團隊試聽館藏，又細心考慮公開吟誦錄音的各種可能性。面對一千多卷錄音帶，坐在久違多年的舊式音響前，不免有茫無頭緒之感。有些錄音帶音質甚差，乃至無法聽取內容；有的則因老先生講課「猶河漢而無極」，要逐一確認錄音是否帶有吟誦及其具體位置，真是沉悶的苦差。但憑藉圖書館初步製作的清單，團隊很快就能鎖定關鍵的錄音帶，選取若干錄音優先公開。其後郭偉廷教授慨諾參與訪談，楊利成老師為研究計劃撰寫介紹文章，程中山博士在「露港秋唱」中以「詩酒絃歌滿海涯：陳湛銓、常宗豪、何叔惠、蘇文擢其人其詩簡介」為講題，介紹四位前賢，均令計劃生色不少。整理過程中，在特藏閱覽室遇到本系碩士生劉浚槼先生。他有志於香港古典文學，每天在館中聽湛公的講課錄音，樂此不疲。請他加入團隊，可謂再合適不過了。當時苦於常公錄音遍尋未獲，承浚槼先生告知，香港中央圖書館藏有常公錄音，而且錄音清晰，教人喜出望外。感謝香港中央圖書館陳小紅女史的協助，更要感謝代為聯絡常夫人的何志華教授和吳麗珍老師，吳老師在接到我這個陌生人的電話時，居然正好在書店讀到拙著《華嚴字母新探》，真可謂夙勝因緣。在處理錄音數碼化及授權問題上，大學圖書館李敬坤先生和李智恒先生熱心幫忙，學海書樓馮國培教授、何慶章先生、陳乾綱博士、蘇廷弼教授、黎曉明女史慷慨授權。大學圖書館邵潔怡女史製作「二十世紀香港粵語吟誦典藏」網頁，高宇女史和文素清女史熱心協調「露港秋唱」活動，許鎮華先生更負責解決「露港秋唱」直播的各種技術難題，又不吝賜教影音後製的各種技巧，使我在執行計劃的過程中，學習到不少本行以外的知識。訪談製作方面，周諾文先生、成灝志先生、黃育龍先生負責拍攝和後製工作。在此一併致以最深的謝意！

沒有一眾研究生和本科生的投入，很多工序根本無法完成，稱他們為戰友也不為過。歐陽德穎女史在撰寫碩士論文的最後階段，仍然運籌帷幄，負責訪談、譯譜、「露港秋唱」等繁重的協調工作，顯露出不凡的溝通技巧；馮佩琳女史負責設計工作；劉浚槃先生協助整理訪談稿和聆聽講課錄音，並輸入譯譜中的國際音標；林嘉威先生從十數小時的講課錄音中，逐句輯出吟誦部分；陳康濤先生、侯宇丹女史、查容女史、黃錦鵬先生、羅星陽先生、林嘉威先生和林在山女史協助籌辦「露港秋唱」。最為艱困的工作，當數譯譜莫屬：吟誦的特殊性質，使譯譜倍添難度，此前數次倩人試譯，成果均不理想。香港大學畢業的李梓成先生和任博彥先生，在初步接觸粵語吟誦後，即臨危受命，反覆推研，有時為了不到一分鐘的錄音，討論將近兩小時，但仍不以為苦。尤其是梓成先生後來赴英深造，仍然廢寢忘餐，盡心譯譜，連簡譜排版與字型等細節也不肯輕易放過，甚至利用時差，與在港團隊緊密合作。在合作過程中，進一步認識他的素行與性情，更覺感佩。在此衷心祝願梓成先生學途無憂，活出精采的音樂人生。然而如導論所述，譯譜最後經過我外行的修改，文責當由我一人負責。每當念及他們的熱忱，更叫我不敢怠慢，有時竟抖擻精神，忘卻了中年心情，重拾眾樂吟誦的初衷。尤其在焦頭爛額之際，同樣獲得衞奕信勳爵文物信託撥款的鄒芷茵教授的窩心慰問，更是令人感動不已。

商務印書館（香港）有限公司可說是拙著最好的歸宿了。商洽伊始，毛永波先生、于克凌先生和鄒淑樺女史已表現出拳拳誠意；責任編輯李蔚楠女史是本系舊生，為人謙和有禮，拙論交給她既令人放心，又促成了師生合作的美事。只是由於前述的種種原因，導致進度不如預期，面對編輯們溫厚而不失體諒的督促，心中只有愛莫能助的愧疚之情。但願拙著的延宕並沒有為編輯們帶來太大的麻煩，謹此致歉！

與其說是我的研究計劃，不如說這是以上各位的美意匯集而成的結晶。在被教務填滿手帳的日子裏，各種繁瑣的工作往往弄得人仰馬翻，應接不暇。然而只要聽到各種吟誦調 —— 有些如「爽籟發而清風生」，有些則沉鬱如「洛下書生」—— 頓覺心怡神悅，彷彿夙昔典型猶可攀追。

訪談影片定名「白雪高吟」，語出司空曙詩「白雪高吟際，青霄遠望中」，詩人不過念及遠人，在青霄白雪之中高吟遠望。不意今天在香港，粵語吟誦也成為了〈白雪陽春〉一般的存在，而讀書人學藝雙攜，在生活中躬行實踐所學的美德，也隨着傳統讀書調煙消雲散。如何在科學而講求效績的學術生涯中，同時以生命體現人文學科的關懷與深度，乃至向下一代傳授這些價值，成為了新一代學人的重要課題。但願在不久的將來，孔子遊匡「而弦歌不輟」的風景復現於世，吟誦聲中飽含學人與詩人的情志，則吾生何幸。是為後記。

辛丑霜降後一日於兩辛苦齋

《顏氏家訓・音辭篇》提到貽誤子弟的憂慮：「一言訛替，以為己罪矣。」子弟的訛替尚且如此，自己的訛替也就更讓人戒慎恐懼了。這本小書的音標和樂譜，儘管已反覆校正，但處處都有不慎訛替的可能，因此寫作時往往坐立不安，甚而遲疑不敢動筆。然而不完美的作品，比沒寫出來罪輕一等，此事近來深有體會。雜務纏身，脫稿無日，楊利成老師卻遽登玉樓，不但無由呈上拙著，更叫人不禁再三質問上蒼：「天之報施善人，其何如哉？」但願拙著並未辜負楊老師的美意，也深願楊老師弘揚蘇公其學其德的爝火不息，正如其遺詩所言，「攬轡澄清天下志，千秋蠟淚接心香」。感謝商務印書館（香港）有限公司的余錦瀅女史對拙著拖延有日的忍耐，還細心地完成了校對工作，使我減少了一些雌黃滿紙的罪過；更要感謝張玉婷女史幫忙設計封面，為這本教科書增添素雅的色彩。

王寅年壬寅月辛卯日庚寅時，振豪補識。早一天完稿，就是寅年寅月寅日寅時，倒又是不完美的最佳寫照。